バンド・BLACK!

マリン☆スカイ＊ローズ

文芸社

目次

バンド・BLACK!

プロローグ《地獄への序章》

今、思えばすべての不幸は、ここから始まったのだ――

★えっ？　今度の土曜日ですか？★

◆どうせヒマだろォ？　おまえらなら絶対よォ◆

（人の予定を勝手に決めるなよ！　まぁ確かにヒマだけど）

◇これあげるからさ。僕達の代わりに2人で見に行っておいでよ◇

こうして先輩が俺にくれたのが、

『星の森市民センター』

7月23日（土）PM2：00

D-5　D-6

と書かれた水色の紙切れ。

まさか、このたった1枚の紙切れのせいで、これから先の自分の人生があんなに大きく狂うことになろうとは、このときはまったく思いもしていなかった16歳の夏……。

俺、【森山速人《もりやまはやと》】、4月20日生まれ、髪は黒くて肩までの長さ、たれ目が悩みの現在22歳。

一応、某バンドのドラム兼リーダーだったりする。

このイチオウとつけたワケは――

今から数年前、俺とあいつはまだ高校1年生で、バンドの［バ］の字にすらまったく興味がないほどの［音楽バカ］？　いや［音楽音痴《おんち》］？　何て言えばいいかわからないが、とにかくホントに音楽について何も知らなかった。

しかも、俺は、自分で言うのも何だけど、頭も悪くていつも学年ビリ。これといった才能もとりえもない、ホントにどこにでもいる平凡な人間だ。

そんな俺が、いくらなりゆきとは言え、バンドでドラムをやり、しかもリーダーまでやっているなんて堂々と公言なんかしたら、おこがましすぎるではないか。

第一、他のバンドをやっている人達に対してもあまりに失礼すぎる。

と言えばカッコいいが、ホントは人に言えるほど自信がないだけだ。

こんな俺がどうしてバンドでリーダーなんかやるはめになったかって？　それはもう、聞くも涙、語るも涙の事情が……。

今、思い出してもまさにそれはもう地獄のような日々だった。

何度ザセツして死のうとまで思ったことか――

イヤ。いっそもうあいつを殺してやると、何度考えたかわからない。

だがガマンして耐えて辛抱して、来る日も来る日も顔で笑い心でキレまくり――生き続けてきたのだ。しぶとく――そしてケナゲに。

どうしてこの平凡な俺が、こんな地獄のような人生を生きなければならなくなったのかって？　だから、それも、これも、どれも、何もかも全部みんな元凶《げんきょう》は、すべてあの日、あいつと行ったあの例の場所のせいだ。

【星の森市民センター】は、俺達の住む【月の森】から列車に乗って2時間のところにある、【星の森】という大きな街にある、もうかなり古い二階建ての建物だった。

★いったい……ここで何があるんだろう⁉★
☆さぁね。何か講義か、さもなければ劇か何かのたぐいだろうよ☆

今日ここでいったい何があるのか？　あの2人の先輩は何も教えてくれなかった。

★けどさあ、さっきからなんかヤケに黒服を着た若い子が目立つよな★

☆葬式か何かがこの近くであったんだろうよ。それより中に入るよ。ここは暑くてたまったもんじゃないからね☆

★そうか？　俺はけっこう涼し——わっ！★

いつのまにか、あいつのまわりだけ人がワンサカ集まっていた。

（これじゃ確かに暑い——っていうか——暑くるしいわな。ハハハ……）

しかし何度見てもすごい光景だ。あいつがいるところにはもれなく男と女の集団がついてくる。ここまでくるとうらやましいを通り越して、ある意味あわれだと同情したくなる。

（きっとこいつ一生、悪いことなんかできないんだろうな。まっ。しないのがフツウだけどさ……）

☆これがみんなレディ達なら、何人いても全然気にならないんだけどね。みんなかわいくて、香りも甘くて女の子特有のにおいがしてさ。だからオレ的には別に100人いようが200人いようがもうゼンゼンOKなんだよね。

けどオレが許せないのはヤロウ達だ。もうウザイし……クサくて。そばに寄ってこられるだけで思わず吐きたくなるよ。ったく何をトチ狂っているんだか知らないけど、そうい

う奴らはみんな殺してやりたいね☆

こういうセリフを笑顔でサラッと言う。

(ホントにもうイイ性格しているよな。コイツ)

見た目は天使。性格は悪魔。この男こそ何を隠そう。

(別に、隠してねぇよってか……)

俺の親友(ご主人様という説もある)、【北崎《きたざき》翔也《しょうや》】。

10月30日生まれ、髪はうす茶のロン毛、雪のように色白で女と見まごうほどキレイな顔をしているが、本人はそれが嫌でダテメガネやサングラスで隠している。北崎病院の息子で、21歳になった今は某バンドのギタリスト。このときはまだ15歳だ。

それはさておき、会場の中に入った俺達はまず受付を見つけ、もらった紙切れを見せた。

『ライブですね。それでしたら会場は2階ですよ。こちらが席番になっていますので、どうぞ最後までごゆっくりご鑑賞くださいませ』

D-5　D-6

それが俺達の席で。しかもそこはステージの真っ正面の席だった。

☆これじゃあ昼寝もできそうもないな……☆

（おのれは、ここに昼寝しに来たのかよ！）

★なあ。ところでライブっていったいなんだろうな？★

☆生放送・実況・実演——確かそんな意味だったと思ったけど☆

（おのれは歩く国語辞典かよ！）

『本日は……』

アナウンスが入って演奏が始まった。

「ただの、うるさい騒音」。それが第一印象だった。俺にとって初めてのライブの。

ガンガン鳴り響く音楽、ギャーギャーマイクでわめき散らす人、そして――

★イタッ！★

「痛い」だ。髪や手が、やたらあちこちに当たってホントにものすごーく痛かった。

（やっぱり来るんじゃなかった……）

俺は早くも後悔していた。だからもう耳をふさぎ帰ることばかり考えていた。

なのに、人間不思議なもので、だんだん慣れてくるのか？　それともマヒしてくるのか？

とにかくさほど気にならなくなってくる。

しかもさっきまでただの騒音にしか聞こえなかったあのうるさい音楽に耳を傾けて聴く余裕さえ出てくる。

（あっ！　けっこうこの歌いいかも……）

あのうるさい騒音がちゃんとした歌に聞こえるようにまでなってくると、今度はどんどんおもしろくなってくるからホントに不思議だ！

そしてこうなってくると自然に体が動きだす。

音楽にあわせて足でリズムをとり、無意識に手まで動いている。

それでもまだ最初は恥ずかしげにまわりの人の見よう見まねで小さく手を振り上げているだけなのに……。

いつのまにかもう夢中で手を大きく力いっぱい振り上げ、頭まで振ってわめいている自分に気づくのだ。

きっとこれこそが——ライブの最大の魅力であり、マジックなのだ。

とにかく一瞬で「ライブのマジック」にはまってしまった俺は、どっぷりとこの「ライブ」のとりこになり、みんなといっしょに歌を歌いながら大きく手を振り上げ、わめき、頭を振り、ジャンプして、完全に熱狂しまくっていた。

（こんなに楽しい世界があったんだ！）

それはとても不思議な空間だった。

見も知らない他人同士が1つになってみんなで同じ動作をしている——

はたから見れば、たぶんそれは異様な世界にしか見えないのかもしれない。

最初の俺がそうだったように——

けれど勇気を出して1歩踏み入れれば……もうそこは楽しい夢のパラダイス。

誰もがみんな一体感になれて、気持ちいい快感を味わえ、ひたれる世界。

ここにいる間は自由になれる。嫌なことを忘れ、わずらわしいことから逃れ、自分じゃない誰か別の人間になれる。時間を忘れ日常を忘れ、自分を忘れ何もかも忘れてただひたすら——見も知らぬ他人と騒ぎ、踊り、歌う……夢の世界。少なくとも俺は、そう感じた。

(あれ？　どうしたんだろう？　急にみんな座って、ヤケに静かだけど……もう踊らないのかな？　つまんないな)

もうすっかりライブのとりこになり熱狂していた俺は、急に座りだしたみんなを見て、がっかりした気持ちになった。

そしてギターだのドラムだのピアノだのと、歌無しで楽器だけの演奏が始まると、今度は退屈で眠くてたまらなくなった。ちなみにこれが例のメンバーソロだ。

もちろんそんなこともまだ全く何も知らない俺は、さっきまであんなに熱狂していたのが嘘のように一気に熱が冷めてしまった。

（あ～あ……つまらない。そういえばショウヤは？　はっ！）

そう、あいつも一緒にいたことをすっかり忘れていた。

（ヤバい。きっとあれ見られてたよな）

俺はおそるおそる、そおっと隣の席に座ってるあいつのほうを見た。

（あ～あ。きっと笑ってるよ。俺けっこう大声で歌っていたし、踊り狂ってたもんなぁ。絶対もう後でさんざんバカにされるに決まってる……）

俺はバカにされるのを覚悟していた。だが、あいつは全然笑ってなどいなかった。それどころか真剣なまなざしでステージを見つめていたのだ。

（この様子だと俺のことなんか見てないだろう。まっ、そういう俺もあいつのことなど見てなかったけど）

☆どうだい？　少しは楽しんでるかい？☆

あいつが突然俺のほうを見てそう聞いたので、驚きのあまり俺はもう少しで椅子から滑り落ちそうになった。

★まっ、まぁまあかな。そういうショウヤはどうだい？★
☆オレ？　オレもそうだね、まあまあかな、思ったよりは退屈しないですんでいるね☆
★そっか、それは、よ、よかったな。あっ！　ほら終わったようだよ★

ちょうどパチパチという拍手の音が聞こえてきた。

☆１人だけいつもワンテンポ遅れてるよ☆
★はぁ⁉★

あいつがいったいい何を言っているのか、さっぱりわからなかった。

★あのぉ、ショウヤ★
☆まずは、手を振り上げるとき。それと大声でわめいてるときもかな？　おまえだけワンテンポ、ずれてるから。気をつけたほうがいいよ。けっこうあれって目立つからね☆
★ショ……ショ・ショ・ショ……★

俺は金魚のように口をパクパク開けたままショックで何も言えなかった。

☆フッ、だけど知らなかったよ。ハヤト、まさかおまえがこんなに熱狂するタイプの人間だったとはね☆

★ショ……ショ……シ……あっ……あっ……見……見……★

☆しかし驚いたよ。おまえが横で踊りまくってる姿を見たときは、思わず、我が目を疑っちゃったくらいだよ☆

(ガーン！　やっぱり、あれを見られてたか……もうダメだ！　おしまいだぁ！)

☆だけどまさかおまえが踊るとはね。フッ……クックク……☆

俺はこいつのこの笑い方が大嫌いだ。この笑い声を聞くとなんかものすごーく頭にくる。いっそ声に出して大声で笑ってくれるほうがどれだけましかわからない。なのにあいつはいつも俺を気づかってか……大声で笑わずに笑いをかみ殺す。そのほうがよけい傷つくというのに……。

とまた話がそれてしまったが、とにかくあんな姿をあいつに見られてしまった俺は、恥ずかしくて顔から火が出る思いで、穴があったら今すぐ入りたいという心境だった。

☆クッ……クク……☆

そんな俺の気持ちを知ってか知らずか……あいつの笑い声がまた聞こえてきた。

どうやら思い出し笑いをしてるらしい……。

会場はまた盛り上がっていたが、俺にはもうどうでもよかった。

何しろあいつにばれていたというショックが大きすぎて、さっきみたいに熱狂する気にはとうていなれなかった。

そんな俺にあいつが追い討ちをかけるかのようにグサグサとトドメをさしてくれた。

☆どうしたんだい？　もう踊らないのかい……。さっきみたいにみんなといっしょに☆

俺が黙っているとあいつはさらに続けて言った。

☆もしかして気にしてるのかい？　オレがさっき言ったことを。だったら別に気にする必要なんか全然ないんだぞ。ただオレは思ったことを正直に言っただけだから☆

（あのなぁ～！　よけい気にするわ！　ったくよぉ！）

☆そもそもオレはおまえに踊りをやめろとは一言も言ってない。そりゃ確かに下手すぎて見るに耐えないとは思ったけど。でも踊りをやめろとまでは言ってないからね☆
（言ったぁ～！　今、言ったじゃないかよ！）
☆いいかいハヤト。たとえどんなに下手で体操にしか見えないような猿踊りだとしても、気にする必要なんかないからね☆
（た……体操にしか見えない猿踊りっていったいどんな踊りだよぉ！）
☆ようは自分が楽しければそれでいいんだから。だからたとえ人に笑われようがバカにされようが全く気にする必要はないからね。わかったかいハヤト☆
（ちっともよくねえよぉ！）
★あっ、うん、でもちょっと疲れたから、踊りはもういいよ★
（っていうか踊れるかよ！　さんざん体操だの猿踊りだのとバカにされた後でよぉ！）
☆そうだな。あれはけっこう体力消耗するからね。だったらホラ、さっきみたいに吠《ほ》えたらどうだ？☆
★ほ、吠えるぅ⁉★
☆イヤ……悪い、間違えた、〝わめく〟だったよ☆
★わ・わめく⁉★

☆そうさ。わめいていただろう？　さっきみんなといっしょに、おまえだけ歌わずにね☆
★えっ？　歌ってたよ。ちゃんと俺もいっしょに★
☆嘘だろ、まさかあれが歌だと言うのか⁉　あんな怪獣みたいな声が、信じられない！☆
★悪かったな！　どーせ俺の歌は下手だよ！★
(どーせ俺はガキの頃からいつも音楽は1だったよ！　悪かったな、怪獣みたいな声で。フン！)
☆でもホラ、人間、人それぞれ顔が違うだろ？　それと同じで、声も違うワケだ。だからあの怪獣みたいな少し音がはずれた歌声も、そう考えればなかなか個性的でいいとオレは思うぞ☆
(無理してなぐさめてくれなくったっていいよ！……よけいミジメになるだろーが)
☆あっ、ホラッ、また何か始まるみたいだよ☆
♡きゃあ～、……ミィ～♡
♡きゃあ～……ツヤァ～♡
★えっ⁉　なあ、ハヤト……★

あいつはすぐに気づいたらしい。だが俺はまだステージを見てなかったから気づかなかった。

（クソォ！　もう二度と歌なんか歌うもんかあ！　何があってもこいつの前では絶対に！）

♡カズミィ～♡

♡タツヤぁ～♡

☆ま・まさかね。いくらなんでも違うよ……な。でも、もしもそうだとすれば、つじつまがすべて合うんだよな……☆

★ショウヤ、どーかしたのか⁉★

☆ステージを見れば、おまえにもすぐにわかるよ、ハヤト☆

★ステージ？★

俺はステージを見た。そして驚いて椅子から滑り落ちた。

★ショ・ショ・ショウヤ……あっ・あっ・な・な……★

☆フッ。やっぱりそうか……☆

◇こんにちはみなさん。今日は僕達［メタルロッカーズ］のライブにようこそ。最後までいっしょに楽しもうね！◇

その声はまるでそよ風のようにさわやかで、オレンジのように明るい、俺の、イヤ……俺達の耳によく聞き慣れた声だった。

☆つまり早い話、だまされたのさ☆
★だ・だまされたって⁉ な・なんでまた？★
☆そりゃもちろん……これをオレ達に見せるためだろうね☆
★そ・それだけのために、ワザワザこんな……★
☆まぁ、あの2人だからね☆
◇じゃあまずメンバー紹介から行くよ……ベースのユウジ◇
♡きゃあ〜ユウ〜♡

金髪の髪が長い男……イヤ女？　けどユウジならやっぱり男か？　とにかく女みたいに化粧した人が優雅に手を振った。

◇ドラム……テツオ◇

♠テツオ〜♠

茶髪のオールバックの長身で体のゴツイ男が無愛想に頭だけ下げた。

◇そしてギター……タツヤぁ◇

♡……きゃあ〜〜、タツヤ〜！♡

すごい声援だ。

◆よぉ！　みんなぁ、元気かあ⁉◆

ツンツン髪を立て、丸ブチの茶色のメガネをわざと鼻までずり落としてかけた男が、夏の太陽のように眩《まぶ》しく取れたての真っ赤なトマトみたいに元気な声であいさつした。その声もまた俺達の耳にはよく聞き慣れた声だった。

◇で、最後がこの僕、ボーカルのカズミです。よろしくね！◇

サラサラの黒髪で色白のおとなしそうな男がそう言ってさわやかに笑った。

♡……きゃあ～！！　カズミ～～～～！！！♡

それもそのはず。何しろその2人こそ、今日ここに俺達を来させた張本人——つまり早い話が先輩だった。

☆まあ、何か裏があるとは思っていたけどね……。でもまさか本人がここにいるとはさすがのオレも考えつかなかったよ☆

★う・裏って⁉　それじゃショウヤ、おまえは最初から何かあると気づいていたのか⁉★

☆あたりまえだろう、そんなの。あの2人の先輩がオレ達に何かくれるなんて、しかも夕

ダで……。これはもう何か絶対裏があるに決まっているからね☆
★たしかにそう言われてみればそうだよな……★
（しかし……後輩にここまで言われる先輩達っていったい⁉︎）
★だけどなんかすごいよな……2人とも、カッコいいっていうかさ★

そう、先輩達は2人とも、ステージの上で生き生きと水を得た魚のように輝いていた。
☆たしかにまぁ……2人とも別人のように生き生きはしてるよね☆

◇♪夢をなくしたオレ達は夢を探して旅をする
夢旅人〈ドリームトラベラー〉さ……♪◇

楽しそうに歌を歌う和海《かずみ》先輩。
そしてその横でギターを弾く竜夜《たつや》先輩もまた楽しそうだった。
いつもの俺達が知っている先輩達とはまったくの別人のように見えた。
（2人とも、なんてカッコいいんだろう……俺もあんなフウになれたらいいのになぁ）
ステージの上の先輩達を見ているうちに、いつしか俺はそんなことを思うようになっていた。

もちろん思っただけだ。俺は最初から自分にはできない、絶対ムリだとあきらめていた。

けどあいつは違ったのだ。

☆なんか、シャクにさわるね。このままおとなしくだまされたままっていうのも……。仕返ししたいよね？　今度はオレ達がさ☆
★イヤ……別に俺は……★
☆——となればここは当然、目には目を、歯には歯を、だよな絶対☆

俺はこのとき、とてつもなくイヤな予感がした。そしてそれはみごとに的中した。

天使のようにニッコリほほえみながら、甘く優しいワインチョコレートのようなハスキーボイスで、あいつが言った。

☆バンドをつくろう!!　ハヤト。オレ達もね☆

その瞬間俺は、地獄をかいま見たような気がした。

★バ・バンドをつくるって……もちろん冗談だよな⁉★
☆イヤオレはジョークは嫌いでね。言うのも言われるのも好きじゃない。聞くぐらいなら、ガマンしてあげるけど☆
（マジかよ⁉　冗談じゃないぞ。なんとかして止めなきゃ……じゃなきゃ大変だぁ〜）
★で・でもさ、俺にはムリだよ！　バンドなんて絶対に。第一ホラッ……さっきおまえも言ったじゃないか？　俺の歌は怪獣みたいだって★
☆あぁ、それなら心配いらないよ。おまえに歌を歌えとはオレも絶対たとえ死んでも言う気はないからな☆
★そ・そうか……ならいいけど★
（じゃ……ねえだろーが俺）
★じゃなくって……俺は自慢じゃないけどガキの頃からずっと音楽は［1］だったんだぞ。縦笛だってマトモに吹けなかったんだからな。バンドなんて絶対何があっても俺にはムリだよ！　……できるワケないよ！★
☆そんなこと言われなくても、あの猿踊りを見ればおまえが音楽センスゼロだということは誰にでもすぐわかるさ。ましてオレが何年おまえといっしょにいると思ってるんだ？

……だからそんな心配はいらない、安心しろハヤト☆
（さようですか！　悪かったな、音楽センスゼロの人間で……フン！）
★だったら別に俺じゃなくても……誰か他の人といっしょにやればいいだろう★
☆あぁオレも確かにそうも思ったんだけどね……☆
（思ったのかよ！　ったく！　だったら最初から言うなよな、俺によぉ、クソォ！）
☆でもやっぱりそれだとダメなんだよね☆
★何がさ⁉★
☆それだと意味がないんだよな。やっぱりおまえがいっしょにいないとさ☆
★イミィ⁉　どんなだよ⁉★
☆もちろん仕返しのだよ！　だってホラッ、だまされたのはオレとおまえだろう？　ということはつまり、仕返しもオレとおまえの２人でしないとやっぱ意味がない。そうだろう⁉　ねっ。ハヤト☆
（イヤ別に俺は仕返しなんかしなくても全然かまわないぞ。っていうかむしろその逆に仕返しなんてしたくないんですけど。正直言って俺はもうこれ以上あの2人の先輩には関わりたくない！　頼むから仕返しならおまえ1人でやってくれ！　俺まで巻き込まないでくれよ）

☆――というワケで、おまえにはオレといっしょにバンドを作ってもらう使命があるからね。いわゆるこれは「運命共同体」ってやつだよ。わかったかい⁉ ハヤト☆
（しめい⁉ うんめいきょうどうたい⁉ イヤだぁ～！ 冗談じゃない。第一、こんな悪魔のような男と運命共同体になるなんて絶対お断りだよ！ そうさ、たとえ死んでもまっぴらごめんだぁ～！）
☆さてと、そうと決まれば☆
（まだ決まってねぇよ！）
☆明日からさっそくメンバー探しだね☆
★あ……あしたぁ～？★
☆そうだよ。だってホラ、よく言うだろう？「善は急げ」「思い立ったが吉日」って☆
★イ・イヤいくらなんでも今日の明日じゃ……★
（「急がば回れ」「急《せ》いては事を仕損じる」っていう言葉をおのれは知らんのかよぉー！）
☆じゃあそういうことで決まりだね☆
（だからまだ決まってねぇだろうがよぉー！）
☆じゃあ、細かいことは今夜中にオレが考えておくから……あとはすべておまえにまかせるからね、ハヤト☆

★はぁ⁉　まかせるって何を？★
☆もちろんメンバー探しだよ。決まっているだろう☆
天使のようにほほえみながら、悪魔の一言をあいつはまたほざいた。
これが俺の地獄の日々への幕明けであり、そして序章だったのである。

♪1　メンバーの条件《地獄への階段》

次の日さっそく約束どおり、あいつが俺に1枚のメモをくれた。

☆はいハヤト。これが条件。メンバー探しのね☆

★えーと、なになに、メンバー探しの条件はっ、と……う・うそだろう⁉★

俺は思わずそのメモをビリビリに破り捨てたい衝動にかられた。……が、そんなことをすれば間違いなくあいつに殺されるので、なんとかこらえ、見るだけでウンザリするほどギッシリと書かれたあいつの字を、家に帰って時間をかけて読み終えた。

★ムリだ〜絶対！　第一、こんな人間いるかよ⁉　もしいたら化け物か、さもなきゃ宇宙人だよ！★

これが感想だった。条件を読み終えた、俺の正直な……。
そしてこう思った。俺の一生はメンバー探しで終わりだな……と。
何しろあいつの考えた条件は、どれもこれも無理難題ばかりだった。

『メンバー探しの条件』
1、抜群の歌唱力を持つ者
2、一度聞いたら忘れられないほど特徴がある声
3、どんな曲でも歌いこなせる者
4、声量が大きく豊かな者
5、音域の範囲がものすごく広い者
6、天使のような歌声・七色の声を持つ者
7、人を感動させる歌を歌える者
8、心から歌を愛する者。愛することができる者
9、喜怒哀楽を歌で表現することができる者
10、身長―１６０㎝〜１８０㎝

11、体重――50kg～80kg
12、年齢――15歳～20歳
13、性別――男
14、眉目秀麗の美少年・美青年
15、気さくで男気がある者
16、人一倍責任感が強い者
17、機転がきく者
18、瞳に力があり、きれいに澄んでいる者
19、ケンカの強さがハンパじゃない者
20、すぐれた統率力がある者
21、不死身の者
22、どこにいても目立つ者。人の目をひきつけるほどの魅力を持つ者
23、人を魅了するほど笑顔がすてきな者
24、老若男女に愛される者
25、オレが認めた者

――とまぁ、以上があいつの出したメンバー探しの条件だ。
でもってこれを読んだ俺はもう半分死んだね。そして叫んだね、思いっきり。

★な・なんじゃあ～！　こりゃあ～⁉　ど・どこがメンバー探しの条件だよー⁉　そもそも意味がまったくわからねぇし……字も読めねぇよ。こえりょう⁉　にマユ……メ……ヒデ？　シュウかな？　ダメだ！　こんなの全然読めやしねぇ！★

次の日、俺は、恥を忍んであいつに聞いた。
☆あぁ～セイリョウね……それは人の音声の大きさや豊かさの程度のことだよ☆
★じゃあ、このオトイキは？★
☆オンイキかい？　これはね、楽器や人の声などで出せる音の最高から最低までの範囲さ。わかったかい☆
★じゃあ、このマユメ……★
☆マユメ⁉　……あぁ～ビモクシュウレイか。これはな、顔や容貌が整っていて非常に美しい様子のことだよ。女の子の場合は「容姿端麗《ようしたんれい》」、男の場合は「眉目秀麗《びもくしゅうれい》」というのさ、ハヤト☆

★なぁショウヤ、これって、たしかバンドのメンバー探しの条件だよな？★
☆もちろん決まっているだろう。それともこれが他の条件にでも見えるのかい、ハヤト☆
★だったら、この、ケンカが強いとか——不死身ってのは関係なくないか⁉★
☆あぁそれは護身用だよ☆
★ゴ・ゴシンヨウ⁉　っていったい、な、なんのために？★
☆そんなの決まっているだろう、襲われたときのためにだよ☆
★ちょ・ちょっと待ってくれよ、襲われるって誰に？　っていうか襲われるのかよ俺達★
☆そりゃまぁ当然狙われるだろうね、オレ達の人気を妬《ねた》んだ、どっかのバカとかに☆
（そんな心配いらねぇよ、絶対。どーせ人から妬まれるほど人気なんか出やしねぇし。それどころか、きっと一生かかったってバンドなんかできやしねぇから安心しろ！　このバカ）

——と思わず叫びそうになるのを、俺はなんとか必死にこらえて質問を続けた。
★だったらこの不死身ってのはいらない——っていうか、いないよそんな人間、絶対。だって不死身ってことは死なないって意味だろう？　普通の人間はみんな死んじゃうんだぞ！もし死なない人間がいたら、化け物か、さもなきゃ宇宙人だよ！★

☆どんな攻撃や苦痛にも弱らない強い体。どんな困難や失敗に出合ってもくじけない人、という意味もあるんだよ。いいかハヤト。オレはな、化け物や宇宙人を探して来いなんて無理難題は決して言わないから安心しろ！　で他にはまだ何かあるか？☆
★ほかには、え〜と……あっ！　そうだ。この、マユじゃなくて、ビ……シュ……とにかくキレイな男ってことだろ？　それならさ別にワザワザ探さなくても、おまえがいるからいいいんじゃないか？　おまえならそこらの女よりよっぽどキレイだか……あっ！　わ、悪い……ついそのゆ……許してくださぃ！　ショウヤ様！★
俺は咄嗟《とっさ》に土下座の体勢をとった。
(頼む、殺さないでくれ)
☆別にいいよ。オレが女みたいな顔してるのは事実だからな……☆
淋しそうにあいつがつぶやいた。
☆けどこれはオレじゃダメなんだよ。バンドの顔にはなれないのさ☆
★どどどーして？★
☆オレが欲しいのはねハヤト、バンドの看板をしょって立ってくれる人間なんだよ☆
★かんばんをしょってたつ⁉★
俺はその瞬間、看板を首からぶら下げて立っているあいつの姿が頭に浮かんだ。

★た、確かにおまえにはちょっと、うん、似合わないかもな……。っていうか……させたくないよ、そんなカッコ悪いかっこは絶対に、うん★
☆おまえ、変な誤解をしてないか？　念のため言っとくが、首から看板をぶら下げて立っているという意味ではないぞ。もちろんそんなこと、言わなくてもわかるとは思うが☆
★ハハ……も……もちろんわかるよ。そのくらい★
（ここはもう笑ってごまかすしかない、ハハ……）
☆そうだな、たとえどんなバカでもそのくらいわかるよな。変なこと言って悪かったよ☆
★あっイヤ……べ……別にき……気にしてないよ……俺なら……全然……★
（言えない、口が裂けても絶対……。実はそのとおりですなんて）
★と、ところで、な、なんでまた15～20歳限定なんだよ？　年なんて別にいくつでもかまわないんじゃないか？★
☆実はオレ苦手なんだよね、自分よりあまり年下も年上も。なんかこう、扱いづらいっていうか？　やりづらいっていうか？　とにかくダメなんだよね☆
★言われてみると俺も、あまり年下も年上も苦手だな。どう接していいかわからなくて★
☆だろう？　だから、このくらいなら妥当かなと思ったんだよね。これで大丈夫かい？☆

★そうだな、年はこれでいいとして……このゾクリッチカラってなんのことだよ？★
☆統率《ぞくりつ》……ああ、統率力《とうそつりょく》かい？　これは、一団の人をまとめてひきいることだけど。う～ん、でもそうだな、生徒会長みたいな感じって言ったほうがおまえにもわかるかな？☆
★なんだ生徒会長か。それならおまえがやればいいんじゃないか？　次期生徒会長候補って言われてるんだからさ★
☆やだね！☆
（即答かよ！）
★なんで？★
☆人をまとめてひきいるなんて、そんな面倒くさいことオレはまっぴらごめんだよ。命令するのは好きだけどね☆
★うん、確かにおまえには向いてないと俺も思うよ。けどそれじゃ俺達はそのメンバーになった男の言うことを聞かなきゃならないのか？★
☆何バカなこと言ってんだいハヤト。このオレが、そんな、どこの馬の骨かもわからないような人間の言うことを聞くわけないだろうが☆
★えっ？　じゃあそいつはいったい誰を統率するんだよ？★
☆そんなの決まっているだろう！　ファンだよ！　他にもまだあるか？☆

★ふ、ふぁん、か……。イヤ、もう特にないよ★
☆じゃあこれで質問は終わりだな。あとは……そうだ、言い忘れてたが、おまえはドラムだからな☆
★ど・どらむぅ！　って何が？★
☆もちろん担当だよ。ちなみにオレはギターね☆
★ちょ、ちょっと待ってくれよ。そんなこと突然言われてもムリだよ！　第一俺にはドラムなんて絶対できないから！　他の楽器にしてくれよ★
☆これでも一応オレもいろいろ考えてみたんだけどね、おまえでもできそうな楽器を。木琴、トライアングル、縦笛、シンバル、ハーモニカだろ、それから……☆
（ガキのお遊戯会じゃないんだからさ……。せめてもっとマトモな楽器はないのかよ～）
★いいよ俺……もうドラムで……★
☆タンバリンにカスタネットだろ……あとはマラカスに鈴にラッパ、今何か言った？☆
★えーと、だからその……ドラムでいいよショウヤ。俺、ドラムをやるよ！★
（なんだよ？　そのタンバリン、マラカス、カスタネットに鈴って……。俺はカラオケの盛り上げ要員かよ？　そんなガキみたいな楽器なんかやりたくねぇよ絶対！　人のこと完全にバカにしやがって……。こうなりゃ意地でもドラムくらいやってやるよ！）

☆あっそう。わかったよ。でもホントにドラムでいいんだね？　あとでやっぱりヤダって言っても変更はしないからね☆
★あぁドラムでいいよ★
☆じゃあオレがギターで、ハヤト、おまえはドラム。これでもう決まりだからね☆

こうしてあいつがギターで俺はドラムをやることになった。

ここで最初に謝っておきます。
バンドをやってる皆様、どうもすみません。
決して俺はドラムをバカにしてるワケではありません。ホントです信じて下さい。
なので俺のこの軽はずみな言動をどうか許して下さい。お願いいたします。
怒って俺を殺さないで下さい。お願いします。
このとおり謝ります。申し訳ございませんでした。

☆あとそれからハヤト、1日も早くその条件に合ったメンバーを探してきてくれよ。オレは1秒でも早くバンドを作りたいんでね。頼んだぞ☆

（たぶん……イヤ絶対それは一生かかっても無理だと思いますショウヤさん）

こうして俺は、バンドという頂上目指して地獄の階段を登りはじめたのだ。

♪2　パーティーへの招待状《地獄の夜》

◆よぉ！　オッス！　元気そぉだなぁ、相変わらずおまえら◆

それは俺達が2年に進級した夏のこと――

そう、あれから早いものでもう1年が過ぎてしまったのだ。俺達が、あの無謀とも言えるバンド作りを始めてから。結局、まだメンバーは見つからぬままで……。

(奇跡でも起きない限り、永久にムリだよ絶対)

そんなある日の放課後のことだった。帰ろうとしていた俺達は校門のところで突然そう声をかけられた。どうやら待ちぶせをしていたらしい。

(しかしド派手な男だ)

その男は真っ赤な髪にサングラス、ド派手なオレンジ色のシャツ、すりきれたボロボロのジーパンにゾウリという……見るからに怪しいカッコだった。

☆行くよ！　ハヤト☆
あいつがグイッと強く俺の腕をつかんで引っ張ったので、俺はそのままあいつに半分引きずられるようにその場から離れた。

◆おっおい⁉　ちょっと待てよぉ。いくらなんでもそりゃねぇだろーが！　人がせっかくこうして待っててやったのによぉ、無視かよ？　ったくひでェよなぁ！◆

（あれ⁉　この声どこかで聞いたような気が……）

俺はすぐには気がつかなかったが、あいつは、すでに気づいていたらしい。

☆ホラッ行くよ、ハヤト☆

★で、でもあの人が？★

☆いいんだよ、ああいうのはほっとけば。下手に相手してつきまとわれると、あとあと面倒だから、無視するのに限るんだよ☆

★確かに。最近変な人も多いもんな★

☆そ・そうだね……フッ……クック……クク……☆

俺にはまだ、こいつが笑った理由がわからなかった。

★なぁ、今なんか俺、おかしいこと言ったか？　ショウヤ★

☆イヤ別に、おまえは言ってない……クック……クック☆

◆おいっ、なぁ。まさかおまえら、もう忘れたんじゃねぇだろうなぁ⁉　俺のことを◆

（やっぱりどこかで聞いた気がする……この男の声）

☆ク……クック……クスクス……アッハッハハハ……☆

(こいつが笑った……いったい誰なんだろ⁉ この男は)

◆あっ! そっか。こんなのかけってからわからねぇのかぁ?◆

男がサングラスをはずそうとしたとたん、あいつが言った。

☆クスクス……お久しぶりですね、タツヤ先輩☆

★えっ、タ、タツヤ先輩⁉ どこに?★

俺は辺りをキョロキョロ見回した。

(ま……まさか⁉ このド派手な男がタツヤ先輩⁉)

◆やっと思い出してくれたかぁ? ショウヤ。逢いたかったぜぇ!◆

嬉しそうに両手を広げてあいつめがけて駆け寄っていく男を見て、やはりこの男が先輩なのだと今さらながらに俺は痛感した。

(っていうか……ヤバい! 俺全然先輩のことわからなかったよ……どうしよう⁉)

☆思い出すも何も……ヒトメ見てすぐにわかりましたよ☆

あいつが冷たく先輩をサッとかわして言った。

◆ショウヤぁ、おまえ、そこまでこの俺のことを……◆

☆ゴ・ゴカイしないで下さい！　そのカッコを見ればイヤでもわかると言ってるだけですから。だいたい、今どきそんなカッコしているバカは……どこぞの〇ン〇ラか先輩くらいのモンですからね☆
★おいショウヤ、おまえな！　あのぉ、えっと、すみません、タツヤ先輩、ショウヤが失礼なことを言って……。代わりに俺が謝ります。ホントにどうもすみませんでした！★
あいつの代わりに俺が先輩に深く頭を下げた。
◆ハハハ……別にいいって、ハヤト、オレなら全然気にしてねぇからよぉ。にしても、あいかわらずキッツいなあ！　ショウヤはよぉ。キレイな顔しているクセに◆
（この場合、顔はあまり関係ないんじゃ……）
☆――で、何しに来たんですか？　今日はここに☆
◆それがな――そのォ、実は今度……◆
先輩が照れたように頭をかきながら話し始めると、ショウヤが言った。
☆もしかしてまた入学し直すんですか⁉☆
（えっ、まさか⁉）
◆あっ、あぁ……実はそうなんだ◆

（おいおいっ。マジでホントかよ!?）

★あっあの、ど、どうしてまた？　あっ、イエ、す、すみません、なんでもないです……★

（やっぱ聞いちゃ失礼だよな……人にはそれぞれ事情があるし……）

☆会社で言われたんですよね？☆

（会社で？）

◆実はそうなんだ。上司によぉ、もう一度勉強しなおして来いって言われてなぁ……◆

（うそォ～マジで？）

俺は感動のあまり先輩の手をとった。

★せ、先輩。俺先輩を尊敬します！★

◆ハヤトぉ？　急にどうしたんだ、おまえ◆

★先輩がんばってください！　俺も応援しますから★

俺は気づかなかった。あいつが俺の横で必死に笑いをこらえていることに。

★先輩、わからないことがあったらなんでも聞いて下さい、俺に！★

◆あぁ、わかった◆
★だけどそっか、考えてみれば今度から、先輩の先輩になるのか俺は……。そしたらなんて呼べばいいんだろ？　先輩のこと★
俺は本気で悩んでいた。

（やっぱり「タツヤ」か。けど、いきなり呼びすてもなんだし……だとしたらここは「杉本のほうがいいかな？）
◆なぁショウヤ、こいつ、どうかしたのかぁ⁉　変だぞ◆
☆ああ、気にしないで下さい。もういつものことですので☆
2人がこんな会話をしているのも知らずに……
★――というワケで、先輩のことを、今日から「杉本」と呼ばせてもらうことに決めました。だから先輩は、俺のこと「森山先輩」と呼んで下さい★
◆はぁ～？　急に何言ってんだぁ？　だいたいなんで俺がおまえのことを先輩なんて呼ばにゃなんねぇんだよ⁉◆
★なんでって？　だって先輩は今度から俺の後輩になるんでしょう？★

◆はぁ⁉　ちょ、ちょっと待て、だ、誰が誰の後輩になるんだとぉ？◆
★だからタツヤ先輩が俺達の後輩に★
◆なんじゃそりゃ⁉　いつ誰がそんなバカなこと、おまえに言ったんだよぉ！◆
★えっ、誰って？　先輩が自分で、上司にもう一度勉強しなおせって言われたから入学し直しに来たって★
◆バカかぁ⁉　おまえは。いいか、俺はな、卒業してやっとあのイヤな勉強とオサラバできてセイセイしてるんだぞ！　なのになんでまたワザワザ入学しになんか来るんだ。たとえ死んだってごめんだぜ！　ったく見ろよぉ、このジンマシン。おまえがあまり変なこと言うからだぞ……う～かゆい◆
★す、すみません、大丈夫ですか？★
☆……プッ！　あっははは……も、もうダメだ……おかしくって、た、耐えきれないよ……あっはははははは☆
★ショウヤ……⁉★
　ショウヤが笑いだした。しかもめずらしく腹をかかえて……。
◆へぇ～、あいつでもあんなフウに笑うことがあるんだなぁ。やっぱあいつもフツウの人間だったんだなぁ～◆

そのときようやく俺は自分があいつにだまされたことに気づいた。
☆し、失礼、あまりおかしかったもので、ついクック……で、いくらですか？　先輩、いったいいくらあれば足りるんですか⁉☆
(えっ、まさかお金か？)
◆ショウヤ、おまえ……◆
☆気にしないで下さい。人間、困ったときは、お互い様ですから。で、1枚ですか？　それとも2枚？☆
あいつは制服の上着のポケットから財布を取り出すとお札を2枚出した。
(すげえ！　万札かよ！　それも2枚も、さすが医者の息子は金持ちだよ)
ちなみにこのとき俺の財布には札は札でも千円札がたった1枚入っていただけだった。

◆……ゴクッ！◆
先輩が生唾《なまつば》を飲み込む音が聞こえた。
◆い・1枚……イヤ……やっぱ2枚、頼む◆
☆わかりました、2枚ですね。はいどうぞ先輩☆

あいつが先輩に万札を2枚手渡した。

◆わ……ワルいなショウヤ。後で必ず返すからな◆

そう言って先輩はポケットにお金をしまい込んだ。

(なんだ、結局金を借りに来ただけかよ！　先輩もかわいそうに、よっぽど苦労してるんだな。後輩にまで金を借りに来るなんて)

☆じゃあ先輩ごきげんよう！☆

◆あぁ、またな◆

すぐにあいつがまた笑いだした。

☆ク……クック……ククク……☆

★ショウヤ⁉★

すると先輩が血相を変えてあわてて戻ってきた。

◆ち……違う！　じゃねぇよ！◆

★ど、どうしたんですか⁉　先輩、そんなに血相を変えて★

◆はぁはぁ～ち、違うんだ。オ、俺は……金を借りに来たワケじゃねぇ！　……はぁ◆
★だ、大丈夫ですか？　先輩★
☆フッ、もちろんわかってます。そんなことは最初から、とっくにね。で結局、何しに来たんですか？　今日はここに☆
(ったくこの男は、わかってたなら最初から言えっていうんだよ！)
◆じ、実はそのォ、招待状を渡そうと思って◆
★しょ……招待状？★
☆結婚式のですか？☆
◆ば……バカヤロオ！　だだだ誰がけっけっ結婚なんかするかよぉ！　ったくあまり変なこと言うから、見ろ、こんなに汗かいちまったじゃねぇかよ◆
先輩はびっしょり汗をかいて耳まで真っ赤っかだった。
(へえ～先輩って見かけによらず、けっこう純情なんだ)
★あの、だったら何の？★
◆そ、それはだな、来てからのお楽しみってことで、とにかくこれが招待状だ、ホラッ◆
そう言って先輩がポケットから出したのは、
☆あっ、それもう返して下さいね☆

先輩がさっきあいつに借りた2枚の万札だった。。
◆えっ⁉　あっ！　あぁ～そうだな、わかった、返す。ホラ。
…………あれ？　変だな……あっ！　そうか、こっちだったけ？◆

今度は反対のポケットに手を突っ込み探していたが……。
◆あれぇ？　ねぇ、変だなぁ、どこに入れたっけな？◆
★あ、あのぉ先輩、ひょっとしたら、どこかで……★
☆やれやれ、どうせまた落としてきたんじゃないですか？　先輩のことですから、ここに来る途中、どこかできっと。とにかくもうオレ達は帰りますよ☆
◆もう少しだけ待ってくれ。ショウヤ、頼む！　必ずあるはずなんだ！◆
☆イヤです！　お断りします！　オレ達は、こんなところでいつまでも先輩と遊んでるほどヒマじゃないんでね。なのでこれでもう失礼します。ホラッ帰るぞ、ハヤト☆
★えっ、で、でも……先輩が★
☆いいんだよ、あのまま放っておけば、きっとそのうちあきらめて帰るから☆
★そうかな？★
◆ねぇなぁー、確かに、ここにしまったはずなのによぉ、なんでねぇんだよぉー◆

☆ワルい……ハヤト、前言撤回だ。確かにあれをこのまま放置して帰るワケにはいかないようだ。そんなことしたら下手すれば警察行きになりかねないからな☆
★へっ⁉　けケイサツゥ？　な、なんで、警察が？★
☆見ればすぐわかるよ☆

俺は先輩を見た。
★わー！　せ、先輩！　な……何してるんですかぁ～こんなところでいったい⁉★
◆いやぁ～ひょっとしたらよぉ、どこかにまぎれ込んでるんじゃねぇかと思ってな◆
★だからってもう……はやく服着て下さいよ！★
先輩はパンツ一丁でシャツとズボンをパタパタふっていた。
（おーい頼みますよ先輩、かんべんして下さいよもう）
◇お探しものはこれかな⁉◇
そのとき突然、声とともに背後から手があらわれた。
◆あっ、あったぁ‼◆
そのとたん先輩が大声をあげ必死になって何かをつかもうとしていた。見れば何か白い紙切れがヒラヒラと宙を舞っている。

◆てめえ！　おいコラッ！　ざけんなよぉー！　ぜってェつかまえてやっからなぁ！◆

（先輩……紙切れ相手にそんなに怒らないで下さい）

☆ああ、完全に遊ばれちゃってるね……あいかわらず、カズミ先輩に☆

★えっ⁉　か、カズミ先輩？　どどどこ？★

◆何ぃぃ～和海ぃ～？◆

◇なんだ、もうばれちゃったのか……さすがだねショウヤ◇
そう言いながら和海先輩は俺達の後ろからあらわれた。
◆か……和海ぃ、てめえよくも◆
◇フゥーンいいのかな⁉　竜夜、この僕に向かってそんな口きいても◇
ニコニコ笑顔で優しく和海先輩が言った。

☆お久しぶりですね、カズミ先輩。髪染めたんですか⁉☆
◇そうだね、久しぶり、ショウヤ。うん、卒業したんで、似合わないかな？◇
☆イエとても似合ってますよ、カズミ先輩。なぁハヤト☆
★は、はい！　とてももうよくお似合いです。カズミ先輩★
◆なっ何が言いてえんだよぉ？　和海てめえ！◆
◇別に。タダ、こうしてワザワザ親切におまえの忘れ物を届けに来てあげたこの僕に対して、お礼の一言もないんでね……◇
◆わ忘れ物ォ～？　えっ⁉　俺もしかして忘れてきたぁ⁉◆
◇うん、おまえが行ったあと、デスクの上にそのまんまこれが置いてあったから、きっと今頃、本気で探してるんじゃないかなと思ってさ◇

◆そっか俺、デスクの上に置いたまんま会社出ちまったのかぁ……どうりでいくら探してもねぇワケだよなぁ◆
☆ったく、あれだけ大騒ぎしといて結局、自分で忘れてきたんじゃないですか。ホントにもうドジもいい加減にしてほしいですよ。じゃなきゃ、そのたびに先輩の子守りをしなきゃならないカズミ先輩が大変ですから。ですよね？　カズミ先輩☆
（こ……子守りって、おいおいタツヤ先輩は別に赤ん坊じゃないんだからよー）
◇うん、確かに僕も竜夜には、もう少しショウヤが言うようにしっかりしてほしいかな。だってホラッ、これからいろいろ忙しくなるだろう？　そしたら今までみたいに、おまえの子守りばかりもしてられなくなると思うから◇
◆わっわかったよ！　ったく◆

なんかこのままだとまずい雰囲気なので、俺は何とかしなければと思い、カズミ先輩が持っている封筒を指さした。
★せ、先輩、あ、あのぉ～、それがさっきタツヤ先輩が言ってた招待状ですか？★
◇そうそう、もう少しで忘れるとこだった。はい。これが竜夜が渡すはずだった招待状◇

俺が和海先輩から招待状を受け取ろうとした瞬間、あいつが素早く取り上げた。
☆ふ～ん《記念パーティー》ねぇ……。いったい、何の記念ですか？☆
◆そ、それは……そのォ、つまり◆
◇ちょっと、嬉しいことがあったんでね。だからその記念にみんなでパーティーをしようってことになってさ……ねっ、竜夜◇
今思えばこのときの先輩達の様子は明らかに変だった。そうこのときすぐこの《記念》がいったい何なのかを気づくべきだった。

☆7月20日……今度の土曜日ですか？　また、ずいぶん急ですね☆
◇うん、もうその日しか空いてなくてね。後はずっと予定が埋まってて……ねっ、竜夜◇
◆あっ！　あぁ～そうなんだよぉ◆
◇なんか急な話で悪いね、けど僕は2人には絶対来てほしいな……ねっ竜夜◇
◆あぁ～、けどそのォ、ホラッなんだぁ、おまえらも忙しいだろうしよぉ……だから俺は、別にムリに来いとは言わねぇぞ。できれば俺もおまえらが来てくれると嬉しいけどなぁ◆
☆そうですか、わかりました。でもあいにくですがその日はオレもハヤトも☆
◇ねぇまさか、2人とも来られないなんて、そんな悲しいこと言わないよね⁉　この僕の

誘いを断ったりするはずないって信じてるよ◇
ニコニコ笑いながらもしっかり釘をさすあたり……和海先輩は、ホントショウヤとよく似ていると俺は思う。
☆も、もちろんあたりまえじゃないですか。だから、オレ達もこう言おうとしていたんですよ。あいにくその日に限ってホントにもう残念ながら、何の予定もないのでぜひ行きます、ってね。だよな、ハヤト☆
（嘘つけ！　絶対断るつもりだったクセに。しかも、言い訳が苦しすぎて日本語が少し変になってるぞ）
★そ、そうなんです！　俺もショウヤもその日はホントにあいにく予定がヒマなんで、……だから喜んで行かせてもらいます！　絶対何があろうと、はい★
◇あっそう。でも、もしどうしても急ぎの用があるなら、仕方ないからそっちを優先しても……◇
☆イエ、ほかならぬカズミ先輩の頼みですので。たとえ何があったとしても絶対行きます。俺もハヤトも2人いっしょに。なぁハヤト☆
★も、もちろんです！　俺達、カズミ先輩の頼みならたとえもう火の中水の中……どこまでも絶対行きますから安心してください！★

（少しオーバーだったかな）
◇フゥーン、じゃあ2人とも僕の頼みなら死んでくれるんだ。嬉しいな◇
★えっ⁉　し、死ぬ？★
◇だって、僕の頼みならなんでも聞いてくれるんだろう⁉　それなら僕が死んでって頼んだらもちろん死んでくれるはずだろ？……ねっ！◇
★そ……そこまでは、さすがにちょっと。すみません……★
☆わかりました……いいですよ、そのときは死にます！☆
◇あっそう。じゃあ今ここで死んでくれないかな！　ショウヤ◇
★えー！　そ、そんな……先輩★
☆わかりました。どんな死に方がいいですか？☆
★ショ、ショウヤ⁉★
◆おいっ、もうそこまでにしとけよぉ！　2人とも……。じゃねぇと、俺も本気で怒るぞ！ったくショウヤ、あまりこいつを刺激するようなことは言わないでくれねぇか？　和海、おまえもいい加減にしとけよ！　こいつらからかうのもさぁ！◆
◇うん、わかってるよ。けど竜夜、2人とも嘘つきだからさ、なんかもう頭きて……それでちょっといじめてみたんだ、僕もね◇

（いじめですか!?　ただの）
◆ったくおまえは、もうガキじゃねぇんだからよ。たかがそんくらいの理由で後輩いじめてんなよな。いい加減おまえもそのクセ直せよ、和海◆
◇うん、そうだね……ごめん竜夜◇
（めずらしいな。いつもと逆のパターンだ）
◆いいか、おまえらもこれは別に強制でもなんでもねぇんだぞ。だから、イヤなら正直にイヤだって言やあいいのに、あんな変な言い方すっから和海のヤツがムキになったんだぞぉ◆
★すみません★
◆いいか、イヤならムリして来なくてもいいんだからな◆
◇ダメだよ竜夜。この2人には絶対何があっても来てもらわなきゃ……。だって僕はこの2人にもいっしょにお祝いしてほしいんだからね◇
◆それはオレもおまえと同じだ和海、けどよぉ、仕方ねえだろ？　こいつらにだって都合ってもんがあるんだし……ムリじいするワケにはいかねぇだろ？　なっ◆
◇……僕は待ってるよ！　7月20日土曜日、会場で、ずっと何時間でも、2人が来るまで……待ってるからね！　それからさっきはごめんね◇

＊

☆はぁ〜、しかしまたここに来ることになろうとは。なんかあまり気が進まないんですけど、で、その何だっけ？《パープリン》とかいう店はいったいどこにあるんだって？☆
★《パープル・ハウス》だよ。えっと……もらったこの地図を見ると駅から歩いて15分くらいらしいけど★

結局――7月20日(土)、俺達はパーティー会場のここ《星の森》――そう、俺達があの日初めて先輩達のライブを見に来た場所に来ていた。

☆はぁ、うそだろ？　このだるいのにまだ15分も歩くなんて。やっぱ来るんじゃなかった。はぁ〜☆
★今さらそんなこと言ったって遅いよ。第一、あのカズミ先輩にあそこまで言われたら、俺達は絶対来るしかないんだぞ！　それともショウヤは断る勇気があるのかい？★
☆さすがに、それはないいね。けどオレは夏が苦手なんだよ。そのうえ人混みもあまり好き

じゃないときてる。だからこうしてるだけで本当にツラいんだよ☆
★もちろんそれは俺も知ってるよ……だからホラ、ちょっと顔だけ出して、すぐ帰ればいいじゃないか。それならきっと、カズミ先輩だって納得してくれるはずだって★
☆だといいけどね……でも相手はあのカズミ先輩だから、きっとそう簡単には帰してくれないような気がするよ☆
★う～ん、確かに言われてみれば俺もそんな気もしてきた……でもそのときはホラッ、タツヤ先輩に頼めばきっと何とかしてくれるから大丈夫だって。それより変だな？　そろそろもう着いてもいい頃なんだけど★
☆15分なんかもうとっくの昔に過ぎてるぞ。ったくこの暑い中、おまえはオレを殺す気か？　はぁ、もうダメだ、死にそうだ！☆
★ごめん、きっとどこかで道を間違えたのかもしれない★
☆イヤ道は間違ってない☆
★じゃあなんでいつまでたっても着かないんだよ？　道はなんか、どんどん細くなってきてるし……家もないし、さっきから全然人も通らないしさ。間違えたとしか俺には思えないよ★
☆けど、どう見てもこの地図に書いてあるのはこの道だぞ。ともかく、ここまで来たんだ、

行くだけ行ってみるしかないね。っていうか、また戻るのはまっぴらごめんだからな☆

　こうして俺達は今にも熊が出てきそうな山道をひたすら歩き続けた。

☆はぁはぁ見ろ！　ハヤト。あそこになんか建物みたいなものがあるぞ！☆

★えっ、どこに？★

☆ホラッあの紫色の……☆

★あっホントだ★

☆どうやら、はぁはぁ～、やっと着いたようだなハヤト☆

★はぁはぁはぁはぁ～、うん、着いたな……はぁはぁ～ショウヤ★

　俺達が最初に見たのはおしゃれをした女の子達だった。

★なぁショウヤ、あの女の子達も、あの山道を歩いてここに来たのかな？★

☆……には見えないな、とても。第一、あのカッコじゃ、あの道を歩いて来るのは絶対ムリだと思うけどね☆

★だよ……な。けどだったら、いったいどうやってここに来たんだろう？　あの子達★

☆さあね、そんなことオレが知るかよ。にしても、思ってたより人が多いな☆

★あぁ。しかもヤケに女の子達ばっか目立つよな★
　そこにいたのは、ほとんどが着飾った女の子達ばかりだった。

★いったい何のパーティーなんだろ？　これって★
☆さあね。ここには特に何も書いてないからわからない。けど――あの2人が招待してくれたパーティーだから、あまり期待はしないほうがいいと思うね。どうせまた何か裏があるに決まっている☆
★う、裏って？　そんなこと……★
(でもたしかにあの2人ならアリか)
☆とにかく行くぞ、ハヤト☆
★あぁそうだな★

♀いよいよメローズもメジャーだよ！　カズミ達も嬉しいだろーね！♀
♀そりゃそうよ！　だって、メジャデはカズミ達メンバーみんなの夢だったもん。♀

★ショウヤ……？★

郵 便 は が き

料金受取人払郵便

新宿局承認

6663

差出有効期間
平成29年10月
31日まで
(切手不要)

1 6 0-8 7 9 1

843

東京都新宿区新宿1－10－1

(株)文芸社

愛読者カード係 行

ふりがな お名前		明治 大正 昭和 平成 年生 歳	
ふりがな ご住所	□□□-□□□□	性別 男・女	
お電話 番 号	(書籍ご注文の際に必要です)	ご職業	
E-mail			
ご購読雑誌(複数可)		ご購読新聞 新聞	

最近読んでおもしろかった本や今後、とりあげてほしいテーマをお教えください。

ご自分の研究成果や経験、お考え等を出版してみたいというお気持ちはありますか。

ある　　ない　　内容・テーマ(　　　　　　　　　　)

現在完成した作品をお持ちですか。

ある　　ない　　ジャンル・原稿量(　　　　　　　　　　)

書　名			
お買上 書　店	都道　　　市区 府県　　　郡	書店名	書店
		ご購入日	年　　月　　日

本書をどこでお知りになりましたか?

1.書店店頭　2.知人にすすめられて　3.インターネット(サイト名　　　　)

4.DMハガキ　5.広告、記事を見て(新聞、雑誌名　　　　)

上の質問に関連して、ご購入の決め手となったのは?

1.タイトル　2.著者　3.内容　4.カバーデザイン　5.帯

その他ご自由にお書きください。

(　　　　)

本書についてのご意見、ご感想をお聞かせください。

①内容について

②カバー、タイトル、帯について

弊社Webサイトからもご意見、ご感想をお寄せいただけます。

ご協力ありがとうございました。

※お寄せいただいたご意見、ご感想は新聞広告等で匿名にて使わせていただくことがあります。

※お客様の個人情報は、小社からの連絡のみに使用します。社外に提供することは一切ありません。

■書籍のご注文は、お近くの書店または、ブックサービス(0120-29-9625)、セブンネットショッピング(http://www.7netshopping.jp/)にお申し込み下さい。

☆ワルいけど、先に帰るからあとはよろしく、ハヤト☆
★えっ⁉　帰るってショウヤ、パーティーは？　カズミ先輩はどうするんだよ？★
☆どっちもパス！　おまえに任せるよ☆
★そ、そんなぁ～、俺1人じゃムリだよ！　俺も帰るよ、おまえといっしょに、待ってくれ、ショウヤ～★
俺はあわててあいつの後を追いかけた。

先輩達がメジャーデビューをするという話を聞いてしまった俺達は、みじめに逃げだした。パーティーにも行かずに……

そして地獄の夜が始まったのだ。

♪3　謎の少年《地獄の歯車》

★あっ！　すみません★

俺は行きかう人にぶつかりながら必死にあいつの後を追いかけたのに、あっというまにあいつの姿を見失った。しかもそのうえ……

★ところでここってどこだろ？★

道にも迷った。誰かに道を聞こうと思っても辺りには人っ子１人いないので、仕方なくあきらめてトボトボ歩くことにした。

（無事に帰れるかな？　俺）

俺は不安で今にも泣きたい気分だった。

そのとき天の助けか？　前から誰か人がやってきた。

★あの、すみません道を……★

若い女だった。

だがなんと信じられないことに、その女は突然、着ていたブラウスを俺の目の前で自分で引き裂き始めた。

(おいおいマジかよ⁉)

★えっと、あっ、あのォ～★

(こういう場合どうすりゃいいんだよ⁉　俺は)

きっとこれがあいつならもっと上手く立ち回れるのだろうな、なんて思いながら、なすすべもなく黙って見ていた。

(えっ⁉　いくらなんでもそれは、ちょっとマズイだろーが)

★ちょっと、あの……な……何してるんですか？　こんなところで★

だがさすがに、その女がはいていたスカートまで脱ぎだしたので、

★ちょっ、なっ、何してるんですか⁉　早く服着て下さい！★

俺も目のやり場に困ってしまった。

(黒……だ)

♀きゃあー！　誰かあ～助けてえ～！♀

一瞬何が起きたのか全然理解できなかった。気づいたときには目の前に数人の男達がいて、そしてさっきのあの女が泣きながらその男達に何か言っていた。

♂よう！　兄ちゃん。見たとこあんたまだ学生さんのようだけどよ～、もし、こんなことが学校にばれたらヤバいよな？　きっと退学になるもんな～♂

★えっとあのォ～？　言ってる意味が、よくわからないんですけど？★

♂とぼけんじゃねえ！　兄ちゃん。証拠はもうあるんだぜ。ホラッこの姉ちゃんが、あんたに襲われたって言ってんだからよ～！　なぁ姉ちゃん♂

★そ……そんなぁ～、ご……誤解です。第一、その女の人は自分で勝手に服を脱いだんです。嘘じゃありません！　俺はホントに何もしていないんです！　信じて下さい、お願いします★

♀嘘よ！　あんたがムリやりアタイの服を……うっうゥ……♀

（おいおいそんな嘘つくな！　自分から脱いだクセによ！）

♂サツに行ってもいいんだぜ～、こっちはよォ！　なぁ～姉ちゃん♂

♀えぇそうよ、訴えてやる！♀

♂けどよぉ～、そんなことしたら兄ちゃん、あんたが困るだろ？　な♂
（確かに警察はヤバいよ絶対。いくらやってなくても親と学校に連絡がいって……当然クラスの奴らにもばれる……そしたら俺は女を襲ったバカな男として一生笑いものになってしまう）
★えっとあの……どうもすみませんでした……このとおり謝ります。だからどうか警察だけはかんべんして下さいお願いします★
　涙と怒りをこらえて俺は土下座した。

♂おいおいっ、兄ちゃん、あんたさあ～、謝ったくらいですむと思っているんじゃねえよな～？　あぁ!?♂
★そ、それじゃ、あの、ど、どうすれば許してくれるんですか？★
♂100万出しな！♂
★ひゃっ、ひゃくまん!?　……ムっ、ムリですよ！　そんな大金なんかとても払えませんよ、なんでそんな大金が必要なんですか？★
♂そんなん決まってるだろ～？　この姉ちゃんへの慰謝料と、あとは口止め料だよ、オレらのな。けど払えないっていうなら仕方ねぇ、サッに言うか。おい、サッに電話しろ♂

★ま……待って下さい！　払います、今すぐにはムリですから、大人になったら必ず★
♂そんなに待ってられるか〜、このボケ！　わかった、じゃあこうしよう。兄ちゃん、あんたの親に言って代わりに今すぐ払ってもらう♂
★親にですか？　それだけはたとえ死んでもできません……どうかかんべんして下さいお願いします★
♂そいつはできねぇな〜！　月城高の森山速人君♂
★どうして？　俺の名を⁉★
♂へぇ〜、兄ちゃんあんたまだ高校2年かい。で、家は月の森か〜。ここなら今から車で行ってもいいよな〜♂
★なんで家まで知って……★
♂ホラ電話しな！　親に金を用意しといてくれって。なんならオレが代わりに電話してやってもいいぞ、お宅の息子さんが女を暴行したから慰謝料を払えってな。えっと012……の3♂
★なんで電話番号まで？　って俺のレンタルカードいつのまに？★
（もう終わりだ！　逃げられない。学校も家もばれちゃってる。どうしよう⁉　ショウヤ助けてくれ〜）

★お願いします！　どうか親には言わないで下さい！　そのかわりに俺が……★

xサツに、いくぜx

★そう警察に行きます！★

♂何い⁉　サ、サ、サツに行くだとぉー！　おいっ、わかってんのか？　そんなことすりゃ困るのはよ、兄ちゃんあんたのほうだぞ！♂

★あっはい。もちろんわかってます、ですけど……でも★

xこまんのは、おっさんのほうだろ⁉x

★そうそう困るのは、おじさんのほうだよ★

（っておいおい！　さっきから何言ってるんだよ⁉　俺は……いったい）

♂なっな、なんだとぉー！　兄ちゃん！　ざけやがって～！♂

★うっえぇぐっ……★

怒った男が俺のエリ元をつかんだ。

（ぐるじィ〜じぬ〜）

xぜーんぶみんなばれちまうもんな！x

（そうそう。全部みんなばれちゃいますからね！　って何が？　いったいばれるんだろ⁉）

♂なっ何がバレんだよ⁉♂

xもちろん、あんたらが、じつはみーんなグルだってことにきまってんじゃん！x

（そうそう全員グルだってことに決まってます……ってえっ？　嘘マジで⁉）

♂なっ何い〜⁉　おい！　兄ちゃん、誰だ〜てめえはよ⁉♂

★ゥゴホっゲホっ苦し……かった★

男が俺のエリ元をつかんでいた手を放した。

xあんたらの、わるだくみは、わかってるんだぜ！　おっさんx

★そうそう悪だくみは、わかってます★

(何も知らないけど)

xどーせそこの、マヌケのにーちゃんだましてよx

★そうそうマヌケの兄ちゃんだまして……んっ？★

(ひょっとしてマヌケの兄ちゃんって俺のことか？)

x金をまきあげるつもりだったんだろーけど……セコすぎるんだよ！　やることがな。もうちょっと、アタマつかったらどーだ！x

★そうそう、やり方がセコすぎます★

(っていうか俺騙されてたんだ。ハハ……全然わからなかった)

♂な、なんだとぉー、おいっ卑怯だぞ～！　隠れてねえで姿を見せろ！♂

(俺も見たい)

xおっさん、あんたマジで、バカか？　でてこいっていわれて、このおれさまがホントに出てくとマジでおもってるワケ？　しんじらんねーぜx

(なんかすげえ、エラそうなんですけど……こいつ)

♂ウッ、クソォ～！　人をバカにしやがって……探せ！　きっとどこかその辺に隠れてるはずだ～！　いいか～草の根分けても絶対探し出せ！♂

誰かが俺の腕をグイッと強く引っ張った。

★わっ……★

xシィー、いまだ、にげるぞ！x

（いつのまに⁉）

♂おいっ、いたか～⁉♂

♂イエ……こっちにはいません♂

♂スイヤセン……まだです♂

♂ダメです。全然見つかりやせん♂

（ここにいます）

★に、逃げるって？　でもあの……★

xったく！　はやくしろ！　グズグズしてっと、やつらに気づかれちまうだろ？x

★あっはい今すぐ……と、うわぁ～～～★
逃げようとしたとたん、何かにつまずいてすっ転び、空き缶まで蹴っ飛ばしてしまった。
♂おいっ、あっちだ！　あっちで音がしたぞ～！　あっちを探せ～♂
xはぁ～、ったく。なにやってんだ？　あんたホントーにドジだな、にーちゃん。ホラッ早く立てよ！x
★すみません★
xしっかしゼッテェヤベーぞ。いまのでやつらにかんぜんに気づかれちまったぜ……x
★すみませんドジでホントに★
xさてどーすかな⁉　……マジでこのままだとヤベーよな⁉x
★ホントにどうもすみません。俺が転んで空き缶を蹴っ飛ばしたせいで……★
xそーか、まだその手があったぜ！　にーちゃんその空きカン、おれさまにかせ！x
★えっ、あぁはいどうぞ★
俺は空き缶を拾って手渡した。

（でもどうするんだろ？）

xせーの！x

なんと彼の蹴った空き缶がみごとあの男の額に命中し、倒れた。

♂ボボス……だ……大丈夫すか⁉♂

★すっすげえ！　まるでマンガみたいだ★

xいまだ！　にげるぞ早く、にーちゃん！x

★えっ、その前に、俺のレンタルカード★

xカード？　そんなんあきらめろ！　それより、早くにげねーと、やつらがすぐおってく

……x

♂♂♂♂♂おいっ待てコラッ、このまま逃げられると思ったら大間違いだぜ‼♂♂♂♂♂

xヤベッもうおってきた、はしるぞ！　にーちゃんx

彼は俺の手をつかむと猛スピードで走りだした。

xここまでくりゃ……もうやつらもおってこねーだろうぜx

★はぁはぁ、ぜェ、あ……のォ～★

xかえる！x

★カエルってどこに？★

xおれさまのうちにだよ！x

★ところであの……すみませんが、ここはどこですか⁉★

（あぁ～そっちの帰るね）

xまっすぐいけばえきだ！x

★えっ？　あっあのォ～ありが、って……あれ⁉　いない……★

一言お礼を言おうと思って振り向くと、彼はもういなかった。

♪月もほしもみえないよ　こんやはまっくらやみのよるだから
しずかにみんな目をとじて　ねむったふりをするんだ
目をとじればこわくない　まっくらやみもへっちゃらさ♪

★……歌？　★

♪あしたのことをかんがえれば　こころがわくわくしてきてさ
どんどんたのしくなってくるよ♪

★やっぱり歌だ！　それもかなり上手い！　いったい誰が？★

俺は、あたりを見回してみた。

★まさか、さっきのあのガキか⁉★

そう、彼はなんと、まだ子どもだったのだ。それもまだ幼い、小学1年か2年？　さもなきゃ幼稚園児？　くらいの男の子だった。

★あっ、しまった。名前を聞き忘れた★

☆へぇ～誰の？　可愛いレディかな⁉☆

★イヤ、男の子だよ★

☆な～んだ、ヤロウか！　しかもガキかよ？　つまらないね、ようやくおまえにも春が来たかと期待したのに、ホントにおまえは色気ゼロの男だよね☆

★悪かったな！　色気ゼロで……ってあんた誰だ？★
☆はぁ～い、ハヤト☆
★ショ……ショウヤ⁉　なんでここに？★
☆もちろん、おまえを拾いに……探しに来たに決まってるだろうが☆
（今、こいつ、『拾いに』って言ったよな⁉）
★わざわざ探しに来てくれたのか……悪かったな★
☆だって仕方ないだろ？　駅に着いていざ帰ろうとしたら切符が……おまえがないことに気づいてさ。だから、落としてきたおまえを拾いに……忘れてきた切符を探しに☆
★わかったから、もういいよ★
（おまえが探してたのは俺じゃなく切符だろ）
★でもそれなら買えばよかったじゃないか★
☆……なかったんだよ、金がね☆
★えっ？　だって持ってきただろ？　いっぱい★
☆……使っちゃったんだよ、全部☆

★ぜ……全部って？　何か高いものでも買った？★
☆タクシーだよ☆
★たくしぃ⁉★
（なるほどタクシーですか？　どうりですぐ見失ったワケだよ‼）
☆そういうおまえこそ、ずいぶん遅かったけど、どこで何してたんだい？☆
★それは……まあ……いろいろ★
☆フゥ〜ン、別にいいけど、それよりさっきガキがどーのこーのって言ってたよね？☆
（言えない‼　口が裂けても、ホントのことは）
★それが聞いてくれよ！　すげえガキに逢って……★
☆ストップ！　とりあえず、その話ならあとで聞くよ。今は、列車に乗り遅れたら大変だからね、走るぞ☆
★わ、わかった★
☆そう言えば、あの道は今は、誰も使ってないって、運転手が言ってたぞ、ハヤト☆
★えっ、なんで⁉★
☆新しい道ができたんだってさ☆
★だって地図にはそんな道、なかったよ★

☆つまりまたあの2人にだまされたんだよ☆
★そっか、だからあの女の子達はあんなカッコでも平気だったのか、なるほど……★
☆ハヤト、切符☆
★あっ、はい切符ね……ってあれ？　どこ入れたっけかな？　えっと、そうだ、たしかズボンのポッケに……あったあった……ホラッ★
☆やれやれ。これでやっと家に帰れるよ☆

このとき俺は、思いもしなかった。

まさか数年後、あの謎の少年と再び出逢うことになろうとは……。

そう、このときから、運命の歯車はゆっくりと、地獄に向かって動きだしていたのである。

♪4　最悪な結果《地獄のステップアップ》

帰りの列車はもう最悪だった。

何しろもともと体調がすぐれないとこにもってきて、さらにそのうえまた先輩に騙されたショックであいつの機嫌がものすごく悪くて、それこそ声をかけることはおろか……そばに近寄ることさえ怖くて俺にはできなかった。

あいつからは、オレに近寄るなビームが、もうビシバシと出まくっていて、少しでも近寄ったら殺すぞオーラが辺り一面に充満していた。

だから俺は、これ以上もうあいつの機嫌を損ねないようにじっと黙ったまま、それこそ物音ひとつさせないように気を遣い静かにしていた。そのおかげで俺まで胃が痛くなってしまったほどだ。

『次は月の森ィ～』

駅に着いた俺は、あいつの顔を見て驚いた。
★だ、大丈夫か？　顔が青いぞ！　ショウヤおまえ★
☆顔色がだろ？……☆
(別にそんなのどっちだっていいだろーがよ！　ったく！　こいつはこんなときまでうるさいな)
★歩いて帰れそうか？★
☆ハ……ヤト……デンワ……して……あ……姉き……殿を……呼ん……、たの……☆
あいつは、そう言うと自分の携帯電話を俺に渡した。
★あっ、もしもし……香理《かおり》さん、俺、ハヤトです。実はその……★
☆……貸……して……迎え……来て……駅いる……から……☆
ちなみに香理さんはショウヤの5歳上のお姉さんで、ショートカットの黒髪で日によく焼けた美人医大生だ。

しばらく駅のベンチに座って待っていると、香理さんが車に乗って迎えに来た。
△翔ちゃん大丈夫？　顔が青いわよ？△

☆顔……色……だろ……姉……殿……☆
△もう、そんなのどっちだっていいわよ！　それより歩ける？△
★あっ！　危ない！　ショウヤ★
歩こうとした瞬間、あいつがよろめいて倒れそうになったので、俺はあわててあいつを支えた。
☆……ムリ……☆
△速人くん、わるいけど手を貸してくれる？△
俺と香理さんの２人がかりでなんとかあいつを車の後部座席に乗せると、あいつはそのままもうぐったりして動かなかった。
△じゃあ、おやすみなさい速人くん。翔ちゃんが迷惑かけちゃってごめんなさいね△
★あっ、イエそんな……それよりもショウヤ……イエ翔也君は大丈夫なんですか？★
△ええ、たぶん疲れたんだと思うわ。この子暑いのが苦手でしょ？　それに人混みもね。今夜一晩寝れば明日には元気になると思うから、心配しないで大丈夫よ、速人くん△

＊

だが次の日もショウヤの具合はよくならず、結局一週間熱を出して寝込んだ。
そういう俺も無気力状態のまま何もする気が起きず、学校もずる休みしてしまった。
そして1週間後、やっと回復したあいつが、俺にまたとんでもないことを言った。

☆この間はその……おまえにまで心配かけて悪かったな☆
★具合はもういいのか？　ショウヤ★
☆なんとかね。それはそうと、実はおまえに1つ確かめたいことがあるんだけど。おまえがもしもCDを買うとしたら、ズブの素人とプロどっちにする？☆
★えっとそうだな、やっぱ、プロかな★
☆どうしてだい？☆
★えーと、どうしてって聞かれても困るけど、たぶんプロのほうが、まちがいないからかな。だってホラッ、プロなら有名だし、買っても損はないだろ？　なっ★
☆だよな。やはりプロか……。よしっ、決めた!!　オレ達のバンドも必ずメジャーデビュ

ーをするぞ！　ハヤト☆
★め？　めめじゃあでぶう？　すか？　……ハァ～★
（そりゃまぁよござんすでしたねぇ～、じゃあねぇよ！）
★なぁショウヤ、おまえホントは、まだ熱があるんじゃないか？★
思わずあいつの額に手を当ててみたら、逆に氷のように冷たかった。

★熱はもうなさそうだな……だったらどこかで頭を強くぶつけたのか？★
☆イヤ……ぶつけた覚えはないが☆
（だったらこいつ正気ってことだよな？　ハハハ……メジャーデビューだってさ、まだバンドはおろかメンバーすら見つかってもいないというのにプロになるだぁ～？　ふざけんなよ、ったくバカも休み休み言えよ、このバカ！）
★む、ムリだよ絶対！　俺達がメジャーデビューなんてどう逆立ちしても。だってまだバンドもできてないんだぞ★
☆だったら別に今すぐ作ればいいだけの話だろ？　……違うか？　ハヤト☆
★そりゃまぁそうだけど、だからといってそんなすぐ簡単にはできっこないだろ。3分クッキングじゃないんだからさぁ★

☆なんで、カンタンだろ？　ただ歌を歌える人間を1人見つければいいだけなんだから☆
★条件が難しすぎるんだよ！★
☆あれのどこが難しいんだい？　いいかいハヤト。オレはね、何もおまえにUFOや宇宙人を探せって言ってるワケじゃないんだからね！　ただどこにでもいる普通の人間を探せって言ってるだけだよ！　そうだろう？☆
（もしかしたらまだそっちのほうが楽かもしれない）
★それはまぁそうだけど、でもホラッまだUFOと宇宙人なら目撃情報があるだろ？★
☆……とにかく、つべこべ言わずにおまえは黙って1日でも1分でも早くメンバーを見つけてくればいいんだよ！　ハヤト。じゃないといつまで経ってもオレが……じゃなくてオレ達がバンドができないだろーが！☆
（UFO探しとメンバー探しか。果たして早いのはどっちだ？　俺はUFOだと思う）
★はいはいわかりましたよ、探してきますよ★

実を言うと、俺は今回のことで、あいつもこのバカげた仕返しをあきらめるんじゃないかとちょっと期待していた。
何しろ——先輩達はこれから華々しくメジャーデビュー。それに引き換え俺達はいまだにまだメンバー募集中。この差はとてつもなく大き過ぎるワケで……。
それこそ……大人と子ども、イヤ……赤ん坊かもしれない。
これじゃ誰の目から見ても俺達に絶対勝ち目がないのはあきらかなわけで……。
まぁそもそも最初からもうムリな話だったのだ。
あの先輩達に仕返しするためにバンドを作ろうと考えることじたいがもうすでに。
今度のことであいつもそのことが絶対身にしみてわかったはずだと思っていた。
何しろショックで熱まで出して寝込んだくらいなのだから。

なのにこれだよ！
っていうか、かえってわるい、悪すぎるだろ？　最悪な結果だ！

これから俺は、果たしていつできるのかもわからないバンド作りのために、これまたいつ見つかるのかもわからないメンバーを探し続けて、そして、ホントにそんな日が来るのか信じることすらできないメジャーデビュー目指して……地獄の日々をまっしぐら。

なのにさらにあいつがほざく。

☆そうだ！　ハヤト、オレ達は世界一になろう！☆
（はぁ～今なんとおっしゃいましたか？　ショウヤさん！　セカイイチですとォ～？　ハハ……何をおっしゃるウサギさん、日本一にもならないウチからよくもまぁそんな台詞《せりふ》がほざけましたねぇあんた。だいたいまだバンドもできてないんでございますよ！

　ったくそんなセリフは、ちゃんとバンドを作ってから、そんでもってまずはこの月の森で1位になってから言えっていうんだよ！　このバカ！）
★せっ世界一って？　せめて日本一じゃダメなのか⁉★
☆もちろんダメだよ！　だってオレはいつも自分がナンバーワンじゃないとイヤだからね。だから子どもの頃からずっと人に負けたことがないのさ☆
（そんなの俺には全然関係ねぇだろーが！　しかもいつもビリばっかで悪かったな）
★でも、いくらなんでもいきなり世界一はちょっと目標が大きすぎるんじゃないかな？★
☆バカだねぇ。いいかい？　目標というのは、大きければ大きいほどいいんじゃないか？そのほうが人間、よけいやる気になるからね☆
（はぁ～さようですか？　俺はむしろその逆で、目標が大きすぎると、かえって自分で自分を追い込む結果になって、途中でやる気を無くすぞ）

……というワケでこうしてさらに目標が増えた。

俺達が生きてる間——イヤ死んでからもそんな日はもう絶対永遠に来ないと自信を持って断言できる、世界一になる日を目標に、俺は一生死ぬまで生きなければならないのだ。

これぞまさしく生き地獄。ハハハ……。

はぁ～これでもう絶対あきらめてやめると思っていたのに、むしろ前より事態は悪化しただけだ。

しかも以前よりもっと上に、そう地獄のステップアップだ。

♪5　衝撃のニュース《地獄のどん底》

あれからまた早いものであっという間に月日は流れ、気が付けば、俺達はいつのまにか高校を卒業し、俺は一応社会人に、そしてあいつは医大生になっていた——

もちろんまだメンバーもメンバー候補も1人も見つけられないままだったのは今さら言うまでもなく……

そしてその間にも先輩達のバンドは着々とスターとしての地位を築き上げていき、今では人気ナンバーワンといわれるほどのロックバンドになっていた。そう出す曲、出す曲、全てみんなミリオンセラー。コンサートチケットは、どこもみんなたった3分で全てソールドアウト！　今や完全に雲の上の人。毎日、テレビで見ない日が1日もないというほど……アチコチ引っ張りダコなのだ。

街を歩けば先輩達のバンドの歌が流れ、店に入ればここでもやはり先輩達のバンドの歌がかかっている。おかげで、俺の頭の中までも先輩達のバンドの歌が、もう四六時中エンドレスでぐるぐるかかっている状態だ。

★×♪夢を〜なーくした〜オレ達はあ〜
夢を探してぇ〜旅をするぅ〜ドリームぅ〜トラベラァ〜
どこへ行けばあ夢はあるのかァ〜夢を求めてぇ〜さ迷うドリームトラベラ〜
いつにーなればー夢はあ見つかるのかァ〜夢を探してぇ今日もオ〜旅するぅ〜
そうさァ〜オレ達はあ〜永遠のぉ夢ぇ〜旅いびィとぉさぁ〜♪×★

……っとヤバいヤバい思わずつい口ずさんでしまった。

☆こんなところで、おまえはなんで騒音をまき散らしているんだい？　ハヤト☆
★ショ、ショウヤ！　い、いたのか？★
☆歩く騒音なんだよ！　お前の声は！☆
（あるくそうおん？　俺の声っていったい？　なんなんだよ！）
☆とにかくこんなところで大声でわめいていたらみんなに迷惑だろーが。そのうち騒音公害で訴えられてもオレは知らないからね！☆

★ハハハ……まさか？　いくらなんでもそこまではしないだろ？　みんな★
（なんでだよ！　俺はただ歌を口ずさんでただけなのに。しかも小声でだぞ。なのに俺の歌って……そこまでひどいんだろうか？　ショックだよ！）
☆確か約束は4時だったはずだが☆
★思ってたより仕事が早く終わったんだ。そういうおまえもバカに早いな。まだ3時半だぞ？★
☆イヤ、オレも今日はたまたま休講になったんで、ちょっと時間まで街をブラつこうかなと思って早めに来たんだけど、まさかおまえまでいるとはね。でもまぁちょうどよかった。ここで逢えてさ☆
（俺はちっともよくなかったよ！）
この後、俺達は近くの喫茶店に入り、コーヒーを注文した。
☆実は条件を変えようかなって思ってね☆
あいつが、そう話を切り出した。
★いいんじゃないか。それで、どこをどう変えるんだ？★
☆まずは年齢を17～25にしようかなって思っている☆

★確かに俺達も、もう18と19だからな。で、他には？★
『お待たせしました。コーヒー2つです。他にご注文はございますか？　——では、ごゆっくりどうぞ』

☆で……どこまで話したっけ？☆
★えっ？　う……嘘だろー⁉★
俺は、思わずテーブルに両手をついて、勢いよく立ち上がったため、そのはずみでちょうど来たコーヒーがこぼれてしまった。
☆何が嘘なんだ？　ハヤト☆
★ショウヤ……これを見てくれ！★
俺はちょうど見ていた携帯電話の画面をあいつに見せた。
☆えっ？　何、これ？☆
★ホントかな⁉　まさかホントに——先輩達……★
☆落ち着けハヤト、どうせまた、いつものようにデマに決まってる☆
★そ、そうだよな、きっとまたデマだよな？　絶対！★

メタルロッカーズ突然の解散宣言！

俺の携帯には、さっきからずっとテロップで、このニュースが流れ続けていたのである。

＊

メタルロッカーズにいったい何が⁉　突然の解散宣言！

『えーそうなんですよ。突然の解散宣言なんですよね。いったいメンバーのみなさんに何があったのか？　私もまだ全然情報が、つかめていません……なのでまた何か情報がわかりしだい……お伝えしたいと思います！』

マイクを持ったリポーターの女の人がそう言った。画面が変わり、今度はスタジオの男が話しだす。

「いやぁ～驚きましたねぇ、昨日突然このニュースが飛び込んできたときには……。何しろメタルロッカーズと言えば今もっとも人気絶頂のバンドですからねぇ～」

男性ゲストと女性ゲストがコメントする。
♂やはり原因は以前からたびたびウワサされていた不仲説じゃないですか？♂
♀あーハイハイあの……ギターのタツヤとベースのユウジですよねぇ～。確かにあの２人の仲の悪さは、けっこうもう有名な話でしたからねぇ～♀
★違う！　絶対そんなはずはないよ！　だってあの２人はあれでもホントはちゃんとお互いに才能を認め合ってたんだ……だから絶対違う！★
次の日は朝からそのニュースでどこのワイドショーも持ちきりだった。

でも俺はまだ信じられなかった。

（嘘だ！　これは絶対何かのまちがいだ！）

『あっ！　出てきましたカズミさんです。私、さっそくインタビューしてみたいと思います！　おはようございます。カズミさ～ん、解散するってホントですか？』
★えっカズミ先輩？　ホントだ★

（もちろん嘘ですよね？　それは嘘だって言ってくれますよね？　先輩）

◇うん。おはようございます。解散ですか？　ホントですよ……◇

（ホントって……しかもそんな爽やかな笑顔で言わないで下さいよ！　先輩？）

★嘘だろ？　カズミ先輩……頼むから嘘だって言って下さいよ！　いつものように★

『か……解散の理由はいったい何なんですか⁉』

◇う～ん理由ですか？　そうですねぇやっぱり……メンバー同士の不仲かな？◇

★そんなァ～うそだろ⁉　カズミ先輩★

『えっ！　やっぱりそうなんですか⁉　ではあのウワサはホントだったんですね……』

◇うん。だよね。やっぱりそう言ったら……みなさん信じますよね？　でも残念ながらそれは嘘ですよ◇

★えっ？　う……嘘⁉★

『は……いっ？　う……うそですか⁉　な……なんでまたそんな嘘なんかおっしゃったんですか？　カズミさん』

◇うん。僕がそう言ったほうがマスコミのみなさんが喜ぶんじゃないかなと思ったもので。それにきっと、みなさんもそう思ってるんじゃないかなって思ってね……違った？◇

★ハハハ……やはりカズミ先輩だな……こんなときまで……★

『あ……あいかわらずですねぇ、カズミさんも……。それでホントの理由はなんなんですか？　今度はちゃんと教えて下さいよ！　カズミさん』

◇う～ん、理由は特にないんだよね◇

『な……ないって……カズミさん……ちゃんと答えて下さいよ！』

◇うん。でも……ホントに特にこれと言った理由はないんだよね……。なんかさ、自然に、解散しようか……って話になって、みんなも……うんそうだね、ってなカンジでさ……ホントにそれだけだったから……また後で会見も開きます◇

『そんなァ〜カズミさん、それじゃあみんなが納得しませんよ！　ファンのみなさんにも……まさかそうお伝えするおつもりなんですか？』

◇ファンのみんなにはとても申し訳ないと思っています……ごめんね……みんな。すみません……これで失礼します。詳しいことは後で会見のときにお話ししますので……◇

『あっ！　カズミさん⁉　待って下さいよ！』

★カズミ……先輩？　……★

（泣いてる⁉）

テレビの中の和海先輩は車に乗って行ってしまった――

でもほんの一瞬だけ先輩は顔を曇らせ、今にも泣きそうなほどつらそうな顔をした。そうレポーターの女の人がファンの話をしたあの一瞬だ。

★……で、でもホントだったんだ。ホントに……解散するんだ、先輩達のバンド……★

俺はショックのあまりほとんどもう抜けがら状態だった。

▲兄貴……ケイタイ鳴ってるよ▲

俺は妹の声にハッとした。

妹の名は……千の花と書いて〔ちか〕と読む。俺より3つも年下だ。兄より出来がいいので、親父達は出来が悪い俺より妹の千花に期待している。髪は茶色がかった黒でツインテール。俺と違い、つり目だ。

★えっ、あれ？　千花？　学校は休んだのか？★

▲帰ってきたとこよ！　たった今。兄貴こそ仕事は？▲

俺はあわてて時計を見て驚いた。5時だった……しかも夕方の。

そう、どうやら俺はあのままずっとボウ〜としていたらしい。

▲兄貴！　ケイタイ！　出なくっていいの？　もう、しっかりしてよね！▲

★そうだな……ごめん。俺が頼りない兄キなばかりに妹のおまえにまで迷惑かけて★

▲そう思ったら……少しはしっかりしてよね！　オヤジ達が嘆いてたよ！　兄貴が、卒業してからずっと定職にもつかずにフラフラしてるって！▲

★親父達が……★

▲あっそうだ、兄貴。ワタイこれから母さん帰って来るまで部屋で勉強するから絶対邪魔しないでよ！▲

★あっデンワ！……切れてる★

着信履歴は、あいつの名ばかりだった。

（ヤバイ！　なんて言ってごまかそう……）

とりあえず俺はあいつの携帯にかけてみた。――が、あいつは出なかった。

その後も何度かかけてみたが、やはりあいつは出なかった。だから俺はてっきり、あいつはまたショックで寝込んでいるものだと思っていた。

△速人くん。最近うちの翔ちゃんから、何か連絡がなかったかしら？△

そう言って香理さんが家に来るまでは……。

そして俺は、あいつが行方不明だという事実を香理さんに聞かされたのだ。

香理さんの話によると、あの喫茶店から帰った日から、あいつは毎晩酒を飲み歩き、酔っぱらって朝帰りをしていたのだという。

★ショウヤ君がそんな……。すみません。俺……何も知らなくて……★

△いいのよ、そんなこと。それに、できればあまりこんなこと、人に知られたくないでしょ？△

（そりゃまあそうだよな。もし俺が逆の立場ならやっぱり知られたくないと思うから）

★それであのショウヤは……イエ……翔也君は、何も言ってなかったんですか？★

△そういえば翔ちゃん、酔っぱらって帰って来ると何か、そう確か裏切られたとか、許さないからとか……オレは認めたとか、ないとか、なんかよくわからないことを言ってたような気がするわ△

（やっぱりあいつは先輩達のバンドの解散にショックを受けて……それで）

★あのぉ香理さん。それでオジサンとオバサンはなんて言ってるんですか？★

△ママはショックで寝込んじゃったのよ△

★オジサンは？★

△それが聞いてよ、速人くん。パパったらヒドイのよ！　なんて言ったと思う？△

★さあでも、あのオジサンだから、きっと心配しなくても大丈夫だとか……ですか？★

△違うわ、それならまだいいわよ！　パパったらこう言ったのよ速人くん。「放っといてもどーせそのうち腹が減りゃ帰ってくるさ」。ねっ、ヒドイと思うでしょ⁉　翔ちゃんは、

犬や猫じゃないのに……△
（ハハハ……いかにも、あのオジサンらしい）
★きっと大丈夫ですよ、香理さん。そんなに心配しなくても、ちゃんと帰ってきますよ！
あの翔也君なら、絶対に自分から★
△だけど、あの翔ちゃんが連絡もなしに……こんなに家に帰ってこないなんて初めてなのよ！　あの子必ずどこにいても私には連絡してくれたから。なのに……今回は、いくら電話しても出てくれないし……もしかしたらあの子の身に何かあったんじゃないかと心配なのよ、私△
（確かにおかしい）
あいつは、よく言っていたのだ。俺に……
☆ハヤト、オレはね、何があっても姉き殿にだけには絶対心配かけたくないんだよ。ホラッ、うちって、病院だろ？　だからオレのめんどうはほとんど姉き殿がみてくれたんだ☆
その言葉どおり、いつもどんな時でもあいつは必ず香理さんにだけには連絡していた。

そのあいつが、香理さんにも連絡しないなんて、何かよっぽどのことがあったのかもしれない。

★どこか……心当たりはないんですか？★

△ないわ！　最近の翔ちゃんのことなんて私には全然わからないわよ！　だからこうして速人くんに聞きに来たのよ△

★わかりました。俺も仕事の合間とかに、心当たりを全部探してみます★

だが次の日、久しぶりに仕事に行って、会社の上司に言われたのは……

★えっとあのォ～、明日からもう来なくていいって……それはどういう意味ですか？★

突然仕事をクビになってしまった。

(そりゃ1週間も仕事を休めば、しかも無断欠勤すりゃ当然クビになるわな！　普通は)

というワケで、結局朝から晩までもう一日中、しかも毎日、俺はあいつ探しができるようになったのであったとさ……めでたしめでたし。

何しろもう時間はこれでもかというほど山ほどできたのだから……そしたらもうイヤでも探さないワケにはいかないじゃないか。

(ハハハ……メンバー探しの次はショウヤ探しってか？　ったく冗談じゃない！　俺は人探し屋じゃあねぇんだぞ！)

こうして先輩達のバンドの解散のニュースは、俺とあいつを地獄のどん底へと突き落としてくれたのである。

♪6　見つけた希望《地獄の宣告》

それから毎日、朝から晩まで俺はあいつを探してみたが、なかなか見つけることができずにいた。何度か電話もかけてみたが……やはりあいつは出なかった。

★ショウヤ、どこにいるんだ？　あっ！　もしかしたら……イヤ……そんなはずないか。でも……万が一ってこともあるよな★

俺は、あの例の星の森市民センターの前に立っていた。思えばすべてはこの場所から始まったのである——。

高校1年のあの夏。オレが16歳で、そしてあいつがまだ15歳だった。

忘れもしない、初めて先輩達のバンドをこの目で見た場所だ——

★あれから思えばいろんなことがあったよな、ホントに。いろいろ……。どうりで俺も年

とるはずだよ……★
（って……俺は、もうジジイかよ？）
★やっぱ……いるワケないか？★
俺は、あきらめて次の場所に行ってみることにした。

★そういえば、結局あの時行かないままだったっけ。あの後、先輩達は何も言わなかったけど、きっと待ってたんだろうな、あの日。ホント悪いことしちゃったよな、先輩達に★
そう、例のあのパーティー会場だ。
だがやはり、ここにもあいつはいなかった。あきらめて帰ろうとしたとき……前から中学生くらいの女の子3人が歩いてきた。
A♀や〜ねぇ、あれって酔っぱらいでしょ！♀
B♀こわいよねぇー、あんなとこで、何もケンカなんかしなくてもいいのに♀
C♀でも大丈夫かな？　あの人、もうフラフラだったじゃん♀
★あのォ〜すみません、ケンカってどこでですか？★
ケンカと聞いて俺は思わずそう声をかけていた。
A♀えっとあのォ〜？♀

B♀オジサンダレ？　なんでそんなこと聞くの？♀
（お、おじさん？　ショックだよ！　うぅゥ～）
★えっと……お兄さんは別に怪しい人じゃないよ★
（なんでだ？　なんでこう言うとなんかよけいに自分が怪しい人みたいなカンジがするんだろ？　きっと気のせいだよな、うん。俺の……ハハハ）

C♀ひょっとしてオジサンの知ってる人なの？　その人♀
★そ、そうなんだよ！　だからホラッ、助けに行かなきゃと思って★
A♀ケンカなら、この先を曲がって少し行った角をさらに右に曲がると細い路地に出るから、その先の角を今度は左に曲がったところよ♀
★えっと、この先の左を路地にして、次の角を細く曲げて、それからえっと……たしか右だその先を今度は右に曲げるんだ……そうするとケンカができるんだ！　ってあれ？★
B♀ハハハ……とにかく行けばすぐわかるわよ！　そこけっこう大通りだから。人がもういっぱいいいるし♀
C♀でも気をつけてオジサン、最後の角は絶対右に曲がったらダメだよ！♀
★えっ？　なんで？★
A♀危険なのよ！　オジサン。そこだけは絶対に近づいたらダメなの！♀

B♀そうそう、死にたくなければ絶対行かないほうがいいよ！　ホントに危険だから♀

俺は彼女らに教わったとおりに道を進んだ——だが最後で間違えた。

そのことに気づいた俺は急いで引き返そうとしたのだが、そこでなんと、あいつを見つけてしまったのだ！

★ショウヤー！★

だがあいつは振り向きもせず、それどころかフラフラとどんどん奥の道に入っていってしまった。俺は、もう一度あいつを呼んでみた。だがやはり、あいつは振り向きもしなかった。

ここからは遠目なので顔までよくわからない。やっぱり人違いだと思い、帰ろうとしたとたん、突然その男が倒れたので俺はあわてて駆け寄った。

★だ……大丈夫ですか？★

☆らいろぉ〜ぷ……らいろお〜ぷらよ☆

★ショウヤ⁉　嘘だろ？　おまえがこんな★

俺には、とても信じられなかった――イヤ信じたくなかったのだ。この男が、ショウヤなのだという事実を。

なぜならその男の着ていたスーツはもう薄汚れていて、しかもズタボロだった。靴も泥だらけで……それも片方しか履いてなかった。もう片方は裸足《はだし》だった。それだけじゃない。髪はボサボサ、顔も薄汚れてて、しかもヒゲまで伸びていた。まるで浮浪者のような。

これがあのショウヤなのだと、俺にはどうしても思えなかった。

俺の知ってるあいつはものすごくオシャレで、いつもスーツでビシッと決め、髪もきちんとセットして、まるで、モデルのようだった。

なのに、ここにいるあいつはまったくの別人のようで……

俺は、涙が出てきて止まらなかった。悔しかった――そして悲しかった。できることなら俺は、あいつのこんな姿は一生見たくなかった――

★ショウヤ……なのか？　ホントに、おまえ★

☆なんらを、られらよ？　ろまえ☆

★ショウヤ！　俺だよ、ハヤトだよ！　帰ろう。香理さんも心配してるんだぞ★

☆やら！　まら、らえらないろ。らおりっれ、られ？☆

★ショウヤ！　しっかりしろよ、おまえ！　いつものあのおまえはいったいどこにいっちゃったんだ？　……あの自信に満ちあふれていたおまえはさあー、なぁショウヤ、頼むからいつものあのおまえに戻ってくれよー！　なぁショウヤぁ！　たの……む……よ★

☆っらく……うるらいなあ！　ほっろいれくれろ……ろれのろとらろおーら☆

★わからない……よ？　ショウヤ、俺には、もうおまえが……何言ってるのか……ゼンゼン。わかるように言ってくれよ★

☆らんらろ……らから……ろれのろとらろお……ほっろいれくれろっていっれるんらろ☆

あいつは、そう言うと手で軽く俺を振り払い……またフラフラと歩いていこうとした。

★ショウヤ！……行くな！　戻るんだ！　そっちはダメだ！★

俺もまたあいつを追って奥へと進んでしまった。ここが、どんな恐ろしいところかもまだ何も知らずに。

俺が、そのことを知ったときは、もうすでに手遅れだった。

なぜならいつの間にかもうすでに、俺もあいつも奴らに囲まれていたからだ。

A♂ヘッへ……♂

B♂グフフ……♂

C♂イッヒヒ……♂

D♂キッヒッヒ……♂

手に、ナイフやら鉄パイプやらチェーンやらを持った、見るからにもうガラの悪い男達が舌なめずりしながら俺達を狙っていたのだ！

A♂ウギャ～！♂

B♂ワギャ～！♂

C♂ヒイ～化け物おー♂

☆られら、られもろらっれ！　られれーら☆

だがやはり、あいつはあいつだ。こんなに酔っ払ってフラフラだというのに、あっという間にみんなやっつけてしまった。さすが、腐っても鯛《たい》はタイだ。

それにしてもよくもまぁこれだけぞろぞろと隠れていたものだと、次から次へ手に武器を持った男達がどこからか続々と現れた。

　俺はあいつを見た。だがあいつはさっきの闘いで完全に力を使い果たしたらしく、もうフラフラで立っているのがやっとだった。

★た……助けて……くれ……誰か⁉★
D♂キッヒッヒ、いくら助けを求めたってムダだよ兄ちゃん。ここには誰も来ねえよ！♂
E♂そうそ！　何しろよー、サツの野郎だってよー、ここにはさ、もうびびっちまってよ、決して近づかねえしな！♂
（そ……そんなぁ〜ウソだろ？　なんで警察まで来ないんだよ）
F♂なんだよ兄ちゃん、あんたさぁひょっとしてよォ〜、ここがいったいどういうとこか、何も知らずに来たのかよ♂
　俺はコクコクただうなずいた。
D♂だったらよー、おいらがさ、教えてヤるぜ！♂
（ぜひともオネゲエシマスダ！　ダンナサマ、おらに教えてけろっ！）
G♂いいか？　兄ちゃん。あんた耳の穴かっぽじいてよーく聞けよ！　ここはな、一度入れば二度と生きては帰れねえとウワサの、あの悪の巣窟《そうくつ》〈デビル・タウン〉だぁ〜！♂

★えっ？　あくびのたいくつでぶるたあん？　なんだいそれはいったい？★
D♂たいくつじゃねえ！　そうくつだ……間違えんな！　このボケ！♂
★あーそうくつか……えっ？　なんだってあくのそうくつ？★
E♂ああ、それにな！　でぶるじゃねぇ、デビル・タウンだ！　もう二度と間違えんなよ！

兄ちゃん、あんたわかったか⁉♂
★あ……あくのそうくつデビル・タウン？★
（ハハハ……つまり直訳すると悪魔の町ね……またずいぶんととんでもないとこに来ちまったな……どうしよう？　完全にやばそうだよ！）

俺は、後ずさりして、何かにつまずいた。

☆クゥ……スぅ〜ぐぅ……☆
（ハハハ……嘘だろ！　寝てるよこいつ、ぐっすりと気持ちよさそうに寝息立てて……）

そう、俺がつまずいたのは、寝ているあいつだった。
★ショウヤ！……起きろ……起きてくれよー★
俺は、あいつをなんとか起こそうと体をゆさゆさとユサブッてみた。
★うっ、お、重い！★

俺は、それでも起きないあいつをなんとか動かそうとしたが、あいつの体は重くてびくともしなかった。

E♂よしな！　兄ちゃん！　ムダなことはよー♂

D♂へぇ〜こうして見ると、この兄ちゃん？　……イヤ、女か？　けっこうキレイな顔してんじゃんかよー♂

★触るな！……汚い手で……そいつに触るなあー★

F♂どうやら……兄ちゃん、あんた……自分達の立場がよくわかってないようだな！♂

俺は、思いっきり顔を足で踏みつけられた。

(い、痛い！　い……たたた。そんなに踏んづけられたら鼻が曲がる！　靴くらい脱げ)

G♂こいつはいいや。これだけキレイな顔してりゃ、さぞや高く売れるだろうよ♂

★ショウヤ！　起きろぉー！★

(頼むから起きてくれよ！　じゃないと、おまえどこかに売られるぞ！　起きろショウヤ、いつまでもこんなところで寝てるんじゃねぇよ！)

A♂しかしこいつもよく寝てられるな？　こんなところでよー。ホントにキレイな顔してるな、この兄ちゃん？　姉ちゃんか？　見ただけじゃどっちかわかんねえなあ♂

B♂だったらよ確かめようや、グフフ♂
C♂いいねぇ〜！　じゃぁさっそくこいつの服を脱がしてさ、イッヒッヒ♂
D♂じゃあ、まずはそうだな、上からといこうや、キッヒッヒ♂
★や……やめろォ〜！　そいつに触るなーうっ！　ゴホっ！★
俺は腹を思いっきり蹴られた。

奴らが、あいつの服を脱がそうと上着のボタンに手をかけた。
★や……やめろォ〜！　そいつに触るなーうっ！　ゴホっ！　ゴホっ！★
D♂ったく……うるさい兄ちゃんだな！　今度騒いだらよー！　おまえから先に、ぶっ殺してやっから覚悟しとけ！♂

男が、ピタピタと俺の頬にナイフの刃をあてた。

（こ、殺される！）

俺はコクコクとうなずいた。

I♂さてと、おい！　てめえらオレも混ぜろよ！♂
★ごめんショウヤ、やっぱ俺1人じゃあおまえのこと助けられないよ……ホントにごめん

な、ショウヤ★
（しかしあいつもよく寝てられるよな、この状況で。まさか死んでるんじゃないよな⁉）
A♂グフッフ♂
B♂ヘッヘヘッヘ♂
C♂イッヒヒ♂
D♂キッヒッヒ♂
（まぁ、寝てるのは、おまえの勝手だけどな……。それでもいい加減に起きないと、おまえの貞操がよ……もうどうなってもオレは知らないぞ！）
★ってほっとけるかよ！　ショウヤぁ～いつまで寝てんだ！　このバカ、起きろぉー！★
E♂兄ちゃん、あんたどうやら……少し痛いめにあわなきゃわからねぇーみたいだな～。
おい！　おまえら、ちょっくらよ、その兄ちゃんを、かわいがってやんな！♂
（い……いいえ！　けっこうですもう謹《つつし》んでお断りさせていただきます）
D♂ヘイ！　わかりやした♂
E♂おい！　ヤロウども……わかったか⁉♂
F♂おー！　まかせとけ！♂
C♂やっちまおーぜ！♂

（おいおい待てよ！　いくらなんでも、そんな団体様で来なくてもいいだろ？　だいたいそんな大勢のお客様とても俺１人じゃ接客しきれないよ！　もっと従業員を増やさないと、何しろたった１人の従業員は寝ててちっとも働かないし、かといって今から募集しても果たして間に合うかどうか⁉）
★うっ！　ゴホっ！　げほっ！★
（い……痛えーよ！　ったく俺はサンドバッグじゃねぇ！　みんなしてそんなに蹴ったり殴ったりすんじゃねよ！　確かに俺１人じゃサービスも悪いけど……そこはもう文句言わずにわかってくれよな。あいつならもっとそれこそ出血大サービスくらいできると思うけど）
★ゲェ～グェーウギヤ！★
（し……死ぬ～マジでこいつらに殺される！　た、助け……てくれ……だ……誰かぁ～！）
★た……助け……てくれ……だ……誰……かぁ～★
A♂いくら叫んでもムダだ、兄ちゃん！♂
B♂誰も助けになんか来ねえぞ♂
C♂ここにはもう誰も近づかねぇよ！　みんなオレらを怖がってな！　ワッハハハハ♂
D♂な～に安心しな！　あんたの死体はオレらが高～く売ってやっからよ！　なっ！♂

（ハハハ……死んだら売られるんだ——俺）

★あっ！　そうか……だからあの子達が……言ってたんだ★
そのとき俺はやっと思い出した。あの女の子達が言ってたことを。
★ハハハ……今更思い出したって遅すぎるってか。仕方ない、こうなったらもうあきらめるしかないか？　ホントはまだ死にたくないけど、でもここはあきらめて死ぬしかないよな？　親父、母さん、最後まで親不孝の息子ですみませんでした。そして千花、ごめんな。俺はどうやらここで死ぬらしいや……最後の最後までダメな兄貴でホントに悪かったな★
D♂よう兄ちゃん！　安心しな！　オレが、あんたを今からあの世に送ってやっから。なるべく……苦しまないよう一息で殺してヤるからよ！♂
（よろしくお願いいたします）
俺は覚悟を決めた。
J♂ニヒヒイ～、死ねやあー♂
★えー！　う……嘘だろ？　そんな大きなハンマーなんかルール違反だぞ！　だいたいそんなハンマーなんかで殴られたら……もう絶対間違いなく完全に死ぬだろうが！★

（ちょっと待った！　タンマ！）

J♂ニヒヒイ～、行くぜー、せぇの♂

★うわあっ！　た……助けてくれ……こ……殺されるぅ～だ……誰かぁ～！★

J♂おいおい逃げんなよ、逃げたらこれが当たらないだろうがーよ！　なぁー♂

（冗談じゃない、逃げなきゃ死ぬわボケ！）

★だ……誰かぁ～た……助けてくれぇーこ……殺されるぅ～★

A♂だからさっきから言ってんだろ？　兄ちゃん、いくら助けを呼んだってムダだって♂

B♂そうそ。あきらめてオレらに、おとなしく殺されな♂

C♂ホラッ！　もう観念して死ね♂

★やだ！　絶対に★

J♂ったく、仕方ねぇな。おい！　おまえら、その兄ちゃんを押さえとけ！♂

B♂だとさ♂

C♂ったく！　めんどくせーな。ホラよ！♂

★うわぁ～痛たた★

♂これでもう逃げられねぇぞ兄ちゃん、覚悟しな？　ホラッ行くぜぇ。せーの、死にな、兄ちゃん!!♂

（もうダメだ！　逃げられない。ここまでか……もうすぐ死ぬんだ俺は……）
男がハンマーを俺の脳天めがけて降り下ろそうとした。
俺は覚悟を決めて、頭を抱えてしゃがみ込むと固く目を閉じた。

J♂うわぁ～な……なんだ!?♂
A♂ま……眩しい♂
B♂目が……目がー！♂
C♂な……なんだあれは？♂
（なんだ？　やけに騒がしいな）

ドカッ！　バキッ！
（何の音だろ？　何かを殴って蹴ってるような？）
A♂うわぁ～♂
B♂ウギャー！♂
C♂ヒイ～！♂

D♂ば……ばけ……ワギャー！♂
(今度は悲鳴？　いったい何が起きてんだ⁉)
Xおい！　ダイジョーブか？　おっさん、あんたX
★えっ？……だ誰？★

俺は、そっと薄目を開けてみた。するとそこにいたのは……

(えっ、男？　女？　敵か？　味方か？)

ヘルメットをかぶった、まだ若そうな子だった。

X立てるか？　ホラッX
その子は、俺の前に手を差し出し、助け起こしてくれた。あったかくて、とても力強い、小さな手だった。

X歩けるか？　おっさんX
★あっ。はい、なんとか★
Xじゃー行くぜX
★えっあっ、はい、…………うわぁ～★

だが、ついて行こうとしたとたん、俺は何かにつまずいて危うく転びそうになってしまい、思わず彼？　彼女？　の服のすそをつかんだ。

Xどうした？　おっさんX
★あっ、イエすみません、何かにつまずいて転びそうになっただけです★
Xそーか、気をつけろ、その辺にゃまだゴロゴロ転がってるからなX
(転がってるって、何が？)

俺は自分の足下を確かめてみた。途端、驚いて悲鳴をあげてしまった。なぜならさっきの奴らがゴロゴロ転がって倒れていたからだ。

(いったい誰が？　まさかこの子が？　イヤ……な、ない！　どう考えても、それだけは絶対ありえないって！)

Xおいっ早くしろよ！　おっさんX
★あっ！　はっはい★
俺は、あわてて後を追いかけた。

(しかし、なんて足が速いんだろ？　この子)

必死に走っても全然追いつけない。それに俺も、体が痛くて自由がきかない。

Xったく！　もーめんどくせーX
★えー！　うわあっ⁉★
そんな俺にしびれを切らしたのか、その子はつかつかと俺のところまで戻ってきて、まるで荷物を背負うかのように俺を肩にかついでまたスタスタと歩きだした。

(重くないのかな？　しかし見かけによらず、力があるな、この子)

そう、その子はとってもきゃしゃだった。

(スゲーな！　俺をかついでこのスピードなんて)

Xおい！　おっさん⁉X
★～ん……だ、誰だよ？　うるさいなぁ～人がせっかくいい気持ちで寝てたのに★
XそいつはワルかったなX
★あっ！　イエ……そんな、こちらこそホントにもうすみませんですますよ！　その、あまり気持ちよくってついウトウトと、あっ！　イエ……どうもすみませんでございます。それで、あのぉ、なんでございましょうか？★
(俺としたことが、なんたる失態を。よりによって自分を助けてくれた相手に向かってうるさいなどと……。しかも平気でグースカ寝てしまうとはもう恥ずかしいなんてもんじゃ

ないよホント）
X少しここで待ってろ！X
★あっ！　はい待ってます★
（もう1時間でも1日でも1週間でも1ヶ月でも1年でも待ってますとも）

その子は俺を下に降ろすと、そのまま、どこかに行ってしまった。
★絶対怒ってるよな……。このままもう戻ってこなかったらどうしよう？★

また誰かがこっちにやってくるのが見えた。でもそれが誰かは暗すぎてわからなかった。

そう、いつの間にかもうすっかり辺りは暗くなって夜になっていた。

俺は絶対あの子だと信じていたので、無防備に近寄っていってしまった。

★えっと、あのォ～、さっきはありがとうございました。おかげで助か……うっ！★
G♂死ねや！　兄ちゃん！♂
突然なんと俺の喉元にナイフの刃がピッタリと押し当てられたのだ。
まさに一難去ってまた一難である。
★ヒイ～！★

(こ、殺される！　今度こそホントに、誰かぁ、た助けてくれ〜〜〜‼)

Xよー！　待たせたなX

そのとき、あの子が戻ってきた！

G♂くっ来るな！　これ以上オレに近づいたら、こいつをぶっ殺すぞ！♂

男が、ガタガタ震えて、俺の喉元にナイフをピッタリと押し当てながら言った……。

(怖いよぉ、こいつ、ナイフを持つ手がぶるぶる震えてるんですけど、さっきからずっと。頼むから、もっとしっかり持ってくれないと、俺に刺さるんですけど)

G♂オレは、ほ……本気だぞ！　本気で……こいつをぶっ殺すぞ！♂

Xふっ！　殺《や》りたきゃやれば！X

G♂ええ〜⁉♂★ええ〜⁉★

思わず俺達は同時にそう叫んでしまった。

(あのォ〜マジすか⁉　それ。つまり俺は別に殺されてもいいとそういうことですよね？ハハハ……そんなあんた殺生《せっしょう》な)

♂おいおいっ、あんたこいつを見殺しにする気かよ⁉　そりゃねぇだろ？　いくらなんでもそりゃ殺生っていうもんだろーがよ、助けてやれよ♂

Xったく！　ダレが助けねーって言った⁉X

それはホントに一瞬の出来事だった——そう、あまりにも速すぎて、俺の目には何が起きたのかさえも全然わからなかった。ただ気がつくと男が倒れていた。

Xおっさん！　行くぞーX

★えっ？　あ……あのォ〜はい！……あれ？　変だな？　立てない⁉★

俺はあわてて立ち上がろうとしたのだが……なんと腰を抜かしていた。

Xったく！　もー、しかたねーな。ホラッよっとX

★すみません……★

で、結局また俺は肩にかついでもらった。

★すげえ、片手だけで。あれ？　反対にもなんかある？★

どうやらもう片方の肩にも何か荷物みたいなものをかついでいるようだった。

♂♂♂♂♂♂♂おい！　そこのおまえ、ちょっと待ちな！♂♂♂♂♂♂♂

★わあっ⁉　また団体様御一行が来たあっ！★

Xはぁ～ったく！　またか⁉　ワリーけど、おれさまはこのへんでもういいカゲン帰りてえんだ！　だからこんどはさっきみたいに……テカゲンできねえかもしれねーぜ！X

（おれさま？　ってことは、男の子なのかな？）

HIJ♂♂♂な……なんだとォ～ザケんなよ！　てめえー♂♂

H♂いいか！　おまえら、こいつを絶対ここから生きて帰すんじゃねえーぞ！♂

I♂オレらデビル・タウンの名にかけても、こいつだけは決して生かして、ここから出すんじゃねえーぞ！　わかったかあ！♂

J♂ボス達の留守中によぉ、ここから生きて人を帰したなんてことになったら……オレらの面目が丸つぶれだぞ！　わかってるよな！　おまえらも♂

（そんな面目なんか、もういっそつぶれてしまえばいいのに）

♂♂♂死ねや！♂♂♂

♂♂♂死ねえー！♂♂♂

（お～い！　いったい何人いるんだよ⁉　よくもまぁ。こんなにゾロゾロと、まるでゴキブリみたいに出てきたもんだな。今まで、どこに隠れてたんだろ？　こんなにたくさん）

Xしかたねぇなー！　おっさん、ワリーけど、ちょっとこっちのおっさん見ててくんねー

か？X
★えっオッサン？　って……わあっ、ショウヤ！　なんでこいつが……ここに？★
　そう、なんと、彼がもう片方の肩から降ろしたのは、あのショウヤだった。
X知ってんのか？　そのおっさんX
★こいつは俺の友人なんです★
Xふ〜んダチか。とにかく、このおれさまがあいつらと戦ってる間は、ここにいるとあぶねーから……あっ、そっか、あんた、たしかコシがぬけて動けねぇんだっけ⁉X
★すみません★
Xじゃーいいや！　おれさまが戦い終わるまで、ここにかくれてなX
★でも1人で大丈夫ですか、相手はあんなに大勢いるんですよ⁉　死んじゃいますよ‼★
Xふっ！　このおれさまはそうカンタンにくたばらねえから安心しろ！　おっさんX
★でも……危ない★
HIJ♂♂♂死ねや！♂♂♂
　あいつらがいっせいに、全員で武器を持って彼に襲いかかってきた！
★ひっ、卑怯《ひきょう》だぞ！　そんなに大勢で、たった1人相手に！　……うっウソだろう！★

バキッ！　ドカッ！

だが信じられないことに、倒れたのは、なんと奴らのほうだった。そうなんと彼は、たった1人で奴らをバッタバッタと次から次へとなぎ倒していったのだ。

もうそれは見事としか言いようがなかった。

彼はまるでダンスでも踊っているかのように、とても軽やかに、そしてあざやかに、次から次へとパンチやキックを放ち、奴らをもうバッタバッタと倒していくのだ。

★スゲぇ、もう……すごすぎだろう、これは★

俺の目は彼の闘いに釘づけになってしまった。

★いけぇ、そこだあ～、今だ！　そこでパンチだあ～、やったあ！……次はキックだ！　いけえ！　そうだ、いいぞ！　いいぞ！　どんどんやっちまえ！　やったあ！　決まったぜ！　また決まったあ！★

それはもうみごとな飛び蹴りだった。

彼はものすごく強かった。そしてとてもカッコよかった。次から次へと、まるでゴキブリのようにゾロゾロとわいてくる奴らをものともせずに、武器は一切使わず確実に1人、また1人と倒していく。その姿はまるで正義のヒーローのようで、俺は怖さも忘れ、子供のようにワクワクして夢中に応援していた。

俺はショーでも見ているかのように、うっとりとその場面を眺めていた——

Xよー！　待たせたな、おっさんX

★も、もう終わったんですかあ⁉★

（早いだろ⁉　いくらなんでも早すぎだよ！）

俺は指さされたほうを見てぶったまげた！　そこには彼に倒されたあいつらの山ができていた。

（す……スゲーな！　ホントに！　あんなにいた奴らをたった1人でやっつけちまったよ！　しかも無傷で……何者なんだろう⁉　彼はいったい⁉）

Xさてと、行こーぜ！　おっさんX

★あっ！　はっはい！★

（ついて行きますとも！　もうどこまでもあなた様に）

その子はまた俺と、そしてあいつをそれぞれ両肩にかつぐとスタスタと歩きだした。
★あ……あのォ〜、すみません、重くないですか？　俺達★
Xったく！　しつけーヤツらだぜX
彼は突然、ピタッと足を止めた。俺はちょうど彼の背中側だったので気がつかなかった。
★す……すみません、しつこくて……★
Xワリー、今、なんか言ったか？　おっさんX
★あの、俺達重くないですか？　って★
X別に重くはねーけど、できればそっちのおっさんといっしょに、にげてくれるとたすかるぜX
★逃げる？★

♂♂♂♂死ね！♂♂♂♂
なんと俺達の目の前にはまた奴らが山ほど待ち構えていた。確かにしつこい！
★あっはい！　わかりました。でもあなたは？★
Xふっ！　このおれさまの心配ならいらねーぜ！　言ったろ？　おれさまは、そーカンタンにはくたばらねぇってな……わかったら早く行け！X

（と言われても、まさか俺にこいつをかついで逃げろと？　ったく、この男はいったいいつまで寝てる気なんだ？　ホントにあきれるくらいノンキな男だな！）
★う～！　お……重い。こいつ、いったいどんだけ体重あんだよ？　う～重いよぉ！★
（あの彼はよくこんな重い奴を軽々と肩にかついで歩けたもんだ。見かけによらず、どんだけ怪力なんだよ！）

仕方なく俺は、あいつをズルズルと引きずりながらなんとか逃げた。


突然、黒いヘルメットをかぶった、背が高くて若い男が現れた。

†おかえりなさい。またずいぶんとお早いお帰りで。ごくろう様でしたネ！　リーダー†
★えっとあの、リーダー？★
†あっ！　わりいナ。間違えた†
人違いだとわかったとたん、男の態度がガラッと変わった。
★あっイエ、こちらこそすみません、リーダーさんじゃなくって……★
†なぁオジサン、あんたサァ、ひょっとしてここで襲われてた人か？†
★襲われ？　えぇまぁ確かにそうですけど？★
†じゃあオジサン、あんたらか？　あの人がさっき言ってたバカな2人組ってのは†

★バカな2人組って？★
†あ～気にすんナ！　こっちのことだから†
★あっ……はぁ～★
（そんなこと言われたらよけい気になるよ！）

†そうか。じゃあ、あの人は無事に救出成功したワケか†
★そのリーダーさんという方はどのような方なんですか？★
†あれ？　変だナ、逢わなかったか？　あの人に。赤いメットをかぶってて、ものすげぇカッコいい、最高にステキないい男だゼ†
★メット？　あっそうだ、こんな話、してる場合じゃなかった……早く助けに行かないと。彼が、そのリーダーさんかもしれない彼が、奴らに殺されちゃうんです!!　だからお願いします★
俺は、この彼に、あの彼を助けてもらおうと思ったのだ。
†はっ？　あの人が殺される!?　だと？　フッ、それだけは、ゼッテェありえねぇヨ！†
だが彼はそう言って鼻で笑った。
★あなたはリーダーさんのことが心配じゃないんですか？★

†そうだな、確かに心配だナ、相手の奴らがサ†
★なっ、何バカなこと言ってるんですか？　相手はものすごい人数、しかも皆、武器を持ってるんですよ。あれじゃどんなに彼が強くても、きっと殺されちゃいますよ!!★
†わかったから、そうわめくなヨ！　だいたい、あの人ならもうそこにいるぜ†
俺はあわてて後ろを振り返った。確かに、こちらに向かって何かを押しながら歩いてくる人影が見える。

†お待ちしてましたヨ！　お帰りなさいリーダー、ごくろう様デス！†
Xあー、待たせたなタクト！X
†リーダー！　どうぞ。冷やしておきましたのデ†
タクトと呼ばれた男は、そう言うとキャップを開けて彼に1リットルのペットボトルのコーラを手渡した。
Xおっワリーな！　サンキュータクト！X
(すげえ〜、なんていい飲みっぷりなんだ)
彼はなんと、1リットルのペットボトルのコーラをゴクゴクと、イッキに飲みほした。
Xふぅ〜ぷはー！X

彼が乱暴にグイッと口元をぬぐい、ヘルメットをとった。

その瞬間、俺は恋に落ちた……じゃなくて、俺の目は彼に釘付けになっていた。

★み……見つけた！★

風になびくひまわり色の髪。キリッとつり上がった細い眉。

お人形みたいな長いまつげ。ナイフのように鋭く、ヤンチャないたずらっ子みたいにくりっとした大きな黒い瞳。

高い鼻。キリッと引き締まったピンク色で薄くて男らしい唇。

シャープなあご。

トースト色の肌。細長い手足。

そこにいたのはもうまぎれもない美少年だった——

それももう文句のつけようがないほど最高級レベルの。

しかもさらに信じられないことに……

Xどーした？　おっさん、どっかイテーのか？X

★うっぅっゥッ……★

俺は泣いていた。もちろん嬉し泣きだ。

何しろあれほど探し続けても見つけられなかった、俺達がずっと何年も待ち望んでいた、絶対一生かかっても見つけられるワケがないと半分あきらめていた——あの幻のＵＦＯが……宇宙人が……今、俺の目の前にいるのだから。

こんなに嬉しいことはないではないか……

★わあっ！　うっ嬉しいよ〜★
Ｘなータクト。なんでこのおっさん泣いてんだ？Ｘ
†きっとここから生きて帰れるのが嬉しいんですヨ†

（違う！　俺が嬉しいのは、彼のこの声なんだってばよ〜）


そう俺が泣くほど嬉しかったのは、顔はもちろんだが、彼の声だった。

さっきまではメットのせいでくぐもった声だったからわからなかったが……彼の声はものすごーーーくすばらしかった。

そう例えるなら——よく晴れた日の青空。どこまでも果てしなく広がる緑の草原。

さわやかなそよ風。真っ赤に燃え上がる激しい火。

真夏の眩しいギラギラ照りつける太陽。

誰もいない静かなエメラルド・グリーンの海。

満月、ひまわりの花、薔薇《ばら》の香り、ピアノの調べ、オルゴールのメロディー、虹、宇宙、
ライオン、いったいなんと表現したらいいのかわからない……

それほど彼の声は、なんともいえないくらい不思議な魅力のある声だったのである。

もしも彼がこの声で歌を歌ったらどんなに素晴らしい歌声になることだろうか？

俺は思わず想像してみた。

彼がこの声で歌を歌ってるシーンを――

鳥肌がたった。

そう、考えただけで泣くほど俺はもう嬉しくて嬉しくてたまらなかった。

Xおっさん！　おれさま達は、もー帰るぞ！X
★えっ⁉　帰る？　どうして？★

†いつまでも、ここにいると危険ですのデ†
★あっ、はい！　俺達もすぐ、か、帰りますです★
（そうだ、すっかり忘れてたけど、ここはまだ悪の巣窟、デビル・タウンだったんだ！）

俺はまたあいつをズルズル引きずりながら歩きだした。
★うっ！　おっ重い……★
（にしても、このバカはいつまで寝てるんだろ、まさか死んでねえよな？）
X……タクト！X
†わかりました、リーダー。乗って下さい。途中までお送りしますのデ†
★えっ、でも悪いですから★
†リーダーから頼まれたんですヨ。お兄さん、あなた方を安全なところまで車でお送りするようにと。ですから早く乗って下サイ†
★それじゃ、すみませんが、駅までお願いできますか？★
俺はあいつをズルズル引きずりながら車に乗った。

正直言って、これで助かったのは事実だ。何しろあいつを連れて車のところまで戻るのはちょっとキツいと思っていたから。

それにしても——。俺はもう一度、彼のほうを見た。だが彼はもうメットをかぶってバイクに乗っていた。彼が戻ってきたときに押していたのはこのバイクだった。

†では自分はこのお兄さん方を駅までお送りしてきますのデ、リーダー†

Xあー、たのんだぜ！　タクトX

★あ……あのォ～助け……★

Xいいか、おっさん！　次は、もう命のホショウはねーぜ！　よく覚えとけ！X

それは低くドスのきいた迫力満点の声だった。そのとき俺は初めて彼を怖いと思った。

★あのホントにどうもすみませんでした。送ってもらって助かりました★

駅に着いた俺は、タクトという男に礼を言って車から降りようとした。

†別にオレは、あの人の頼みだから仕方なくやっただけダ！　ったくホントにもう、あの人は超がつくほどのお人好しで困るぜ。こ～んなバカな連中なんかほっとけばいいのに。それをワザワザ助けにまで行ってやるワ、車で送らせるワと。でもまっ……そこがまたいいんだけどヨ。はぁ～、でもたまには心配するオレの身にもなってほしいゼ†

(グチ？　それともノロケ？)

俺はもう一度、彼に謝った。

†まだいたのかヨ？　オジサン！　てっきり、もうとっくに帰ったと思ってたゼ。いつまでもモタモタと何しててんだ⁉　もう用はねぇはずだろーが？†
★こいつを降ろすのに手間どっちゃったもので★
†そいつまだ寝てんのか？　あきれたヤロウだナ！　神経かよっててんのか？†
(俺もそう思います！)
彼がズルズルとあいつを引きずり降ろしてくれた。
★大変、ご迷惑をおかけして申し訳ありませんでした！★
俺は、深々と頭を下げた。
†まったくだゼ！　人がせっかくあの人といられるものスゲェ貴重な時間を、こんなくだらねぇことでジャマしやがってぶっ殺すゾ†
彼の声もまた迫力満点の、ドスのきいた低い声だった。
★そんなすごく貴重な時間をジャマしちゃってホントにどうもすみません、すみません！★
ビクビクしつつ、俺はコメツキバッタのようにペコペコと頭を下げた。

†あんた、いつまでいる気か知んねぇけどヨ、オレはもう帰るゼ！　こんなところでいつ

までもウロチョロしてっと、また襲われても知らねえゾ†
★か、か、帰りますです！　今すぐもう！★
俺は、あわてて車に乗ろうとして頭をぶつけ、乗ったはいいがあいつを乗せ忘れていたことに気づき、降りようとして足をぶつけ、またあいつを引きずってなんとか車に乗せた。

その間にタクトという男はあっという間に車を発進させ、猛スピードで帰っていった。

それからさらに数分後、エンストを3回した後、やっと俺も車を発進させて家へと向かった。

★見つけた！　やっと見つけたんだ！★
俺は車を運転しながら、抑えてもこみ上げてくる嬉しさを1人で噛みしめていた。

それこそ今ここで大声でバンザイ三唱をやりたい気分だった。

もちろんやらなかったが。何しろ今は運転中だし。

とにかく俺はもう嬉しくって嬉しくってたまらなかった。

★×♪ふん……ふふん……ふふんふん……ふふんふん♪×★

だから思わず鼻歌など歌ってみたりして、ホントもうスキップだってしたい気分だった。

★そうだ、後であいつにも話さなくっちゃ。きっとあいつ驚くぞ！　メンバーが見つかったって言ったら、絶対喜ぶはずだ。何しろあれほどあいつも待ち望んでいたんだからな★

俺は1人で、あいつの驚く顔とそして喜ぶ顔を想像してほくそえんでいた！

そう、ホントに楽しみにしていたのだ。

目が覚めたあいつにこのことを報告するのを……。

なのにまさか……あいつの口から、あんな言葉を聞くことになろうとは――ホント夢にも思わなかった。

あいつが目覚めたのは、もうすぐ家に着くというときだった。

☆……ん～ここは？　なんか、頭、痛いな……風邪でもひいたかな？☆

★やっと起きたかショウヤ。実はおまえに話があるんだ。なんと、聞いて驚くなよ！★
☆ハヤト？　なんでおまえがいるんだ？　あれ？　そう言えばオレ今までどこで何してたんだっけかな？☆
★その説明なら、後でゆっくりしてやるよ。それよりまずは、俺の話を聞いてくれよ！
おまえも絶対、喜ぶはずだ、ショウヤ！★
☆話なら俺もあるんだ、ハヤト。大事な話が……☆
★大事な話か……。わかった、聞くよ★
だが俺は後悔した。このとき、もし俺があいつの話を先に聞かなければ、あるいは運命は変わっていたかもしれない。
☆ハヤト、オレはもう……バンドは……やらないことに決めたからさ……。だからね……おまえも……メンバー探しをやめていいよ☆

それは今の俺にとってまさにもう地獄の宣告だった。

♪7　失った夢《地獄の賭け》

あの日から俺はずっと、もう毎日それこそ朝から晩まで、イヤ……夢の中までも、ホントに寝ても覚めても気がつけばもう一日中あの彼のことばかり考えている。

（俺は恋する乙女かよ！）

とにかくもうどうしても忘れられないのだ！　いくら忘れようとしてみても、彼のあの声が――そしてあの姿が――俺の頭と耳から離れなくて。

こうして目を閉じただけでも彼のあのカッコいい姿が鮮やかによみがえり、こうして耳をすませただけで彼のあの素敵な声が聞こえてくる。これはもうほとんど病気だ。しかも重症だよ。

でも、それはつまり、言いかえれば彼がそれほどすごかったという証拠でもあるワケで……何しろ俺にとってあの彼は、もう理想が服着て歩いてるのも同じことだから。

そう彼は俺がやっと見つけた希望なのだ。あの彼こそ、絶対もう俺達のバンドのメンバーになるべくして生まれてきた人間に違いない。

俺はあの彼の姿を見て声を聞いた瞬間にそう直感した。

彼しかいない！　俺達のバンドのメンバーになれる人間は。

俺が、彼と出逢ったのは、きっと運命だったのだと。


いよいよこれからだと、やっとメンバーを見つけて、これでバンドができると思ってせっかく喜んでいたのに……

あいつもいっしょに喜んでくれるとばかり思ってた、なのに……なんでだよ？

なんで？　こんな突然言うんだよ⁉　あんなひどい言葉を俺に。


しかもなんでよりによってその日なんだよ⁉

俺がやっとメンバーを見つけて喜んでたその日なんだよ⁉

どーせ言うならもっと早く言ってくれよ！　そしたら俺だってまだあきらめがついた。

そうせめてあの彼に出逢う前に言ってほしかったよショウヤ。

もう無理だよ……今さらもう遅いんだよ！

俺は、あきらめられないんだよ！　あの彼のことを……

……夢がようやくかなうと思ったんだ。あの彼を見た瞬間に俺は。
もう一生かなわないとばかり思ってあきらめてた夢が、俺の中で初めて形になったんだ。
そうだよ、俺の夢でもあったんだ。バンドは……。

あの日、初めて先輩達のライブを見た瞬間から、白状すると、俺もずっと思っていたのだ。

バンドをやりたいって。

だから、ホントは嬉しかった。なんだかんだ言っても、おまえがバンドをつくると言いだしたときは。

なのにまさかこんなに突然夢を失うことになるとは思いもしなかったよ、ショウヤ。

★あ〜あ、せめてあいつにも一度あの彼を見せてやりたかったな！　そうすればきっとあいつだって……あんなバカなこと言わなかったはず……ん⁉★

その瞬間、俺はとんでもないことを思いついた。

（そうだ！　見せればいいんだ‼　あの彼を、一度、ショウヤに）

もちろんそれがどういうことか、わかってはいた。きっと普段の俺なら、絶対に行動に移さなかったと思う。だがそのときの俺は怖さを忘れていた。それより、夢を失いたくない気持ちのほうが強かったのだ。

そう、バンドを作るという、大きくて素敵な夢だ。決してかなわないと、完全にあきらめていた夢。それが、やっとかなうかもしれないのである。

あの彼がメンバーになってくれれば――いや、絶対メンバーにするのだ。

それがたとえ命がけの危険を伴うとしても、このまま何もしないで夢を永遠に失うよりはずっといい。

だから俺は、いちかばちかの大勝負に賭けることにしたのだ。

彼に逢えれば夢を失わずに済むかもしれない。

だが、逢えなければ死ぬかもしれないという、命がけの地獄の賭け――。

さあ、果たして凶と出るか？　吉と出るか？

俺は再び、デビル・タウンへ向かって歩きだした。

了

あとがき

初めまして、こんにちは。

マリン☆スカイ＊ローズといいます。もちろんペンネームです。

実は、この名でアメーバさんでブログを書いてまして……、なので、わかりやすいように同じ名にしてみました。


私はもともと、話を考えたりイラストを書いたりするのが大好きで、いつか自分の本を出せたらいいなとずっと夢見ていました。

でもなんと、今回、その夢がかなったのです。

私の書いた話が一冊の本として出してもらえることになりました。


それだけでも、すごいうれしいことなのに……

なんとそのうえイラストまで描かせてもらえたので、最高にしあわせです。

この本を買って下さった皆様、そして最後まで読んで下さった皆様。
いいえ、ほんの少しでも興味を持って眺めて下さった方々まで含め、すべての方々に感謝したいと思います。
どうもありがとうございます。

この本を読んで、ほんの少しでも楽しんでいただけたらうれしいです。
それと、もしよければ感想なんかを聞かせていただけたりすると、もっともっとうれしいです。

最後に、この本を出すにあたり、いろいろ親切丁寧にアドバイスして下さった渡部様と佐々木様、ホントにどうもありがとうございました。

いつか、この本の続きが出せる日が来ることを心から願っています。

二〇一六年一月　マリン☆スカイ＊ローズ

著者プロフィール
マリン☆スカイ＊ローズ
９月29日生まれ、AB型。
群馬県出身。
ビジュアル系バンドとまんがが大好きです。
趣味は、小説、イラスト、詞を書くこと。

バンド・BLACK！

2016年１月15日　初版第１刷発行

著　者　マリン☆スカイ＊ローズ
発行者　瓜谷 綱延
発行所　株式会社文芸社
〒160-0022 東京都新宿区新宿１－10－１
電話 03-5369-3060（編集）
03-5369-2299（販売）

印刷所　株式会社フクイン

ISBN978-4-286-16704-6